样 范

龚曙光

著

人民文学出版社

图书在版编目（CIP）数据

样范／龚曙光著．－－北京：人民文学出版社，2024
ISBN 978－7－02－018398－2

Ⅰ.①样 … Ⅱ.①龚 … Ⅲ.①散文集－中国－当代 Ⅳ.① I267

中国国家版本馆 CIP 数据核字（2023）第 252005 号

责任编辑　**曾雪梅**
责任印制　**王重艺**

出版发行　**人民文学出版社**
社　　址　**北京市朝内大街166号**
邮政编码　**100705**

印　　刷　**北京盛通印刷股份有限公司**
经　　销　**全国新华书店等**

字　　数　112千字
开　　本　640毫米×960毫米　1/16
印　　张　13.5
版　　次　2024年4月北京第1版
印　　次　2024年4月第1次印刷

书　　号　978-7-02-018398-2
定　　价　66.00元

如有印装质量问题，请与本社图书销售中心调换。电话：010-65233595

目 录

自 序

　　样范一词，古时就有。虽不常见，但说不上古奥冷僻。较早见于元代，乔吉用在了一首写美人的套曲里。《西游记》和《儒林外史》后来也用过。词义单纯明了，与模样、式样类同。

　　到了湘方言里，样范则是个货真价实的常用词，不仅家喻户晓，而且随处可闻。其词义，也从指称外在形象，延展引申到了内在气质，含蕴了气度、风范等意思。在长沙，若说某人有样范，那是极高的褒奖，除了赞美其样貌有型有款，更赞扬其为人做事有范有度，堪称样板和模范。

　　那日定书名，我和立伟兄颇纠结，各自列了一长串，挑来择去，到头选中了样范。因为是个方言词，便有些担心，害怕出了湖南没人懂。问了几个外地朋友，回答竟出人意料：陌生但不费解！更重要的是，模范与榜样，已为政治、道德所专属，一个人生命的可敬与可爱，只有样范，才能蕴藉而生动地表达。

通常，一个时代的文化风尚，是由其代表性人物的样范叠合而成的。比如说到五四时期的文化与学术，我们首先想到的，并非德先生赛先生，而是蔡元培搜罗的北大诸教授、王国维领衔的清华五导师，等等。倘若剥蚀其样范的丰满生动、鲜明独特，所谓文化的样貌与风尚，必定空洞模糊。

五四无疑是一个雷霆万钧、浪淘千古的大时代，对于生存其间的学问家、创作家，我的关注与敬意，一直不在他们如何合力顶起这个时代，而在他们如何在时代的旋涡里，自我立定和自我成就。面对浩荡的时代洪流，他们中有弄潮领航者、随波逐流者、决绝自沉者，有献身社会变革者、专注学术建构者、寄情风雅风月者。他们各有其信念彷徨、价值纠结和情感挣扎，在奋起与沉沦、因袭与开创的博弈中，各自塑造了人生样范。那不是一堆干瘪类同的文化符号，而是一群鲜活独特的生命个体。

很长一段时间，我沉迷于这些大家的日记，尤其是他们彼此间的记述。正是这些原生原真的记录，还原了同一时代底色上，他们各不相同的坚韧生命、高贵品行和有趣性情。其阅读体验，如同在绵延的戈壁上行走，突然发现了一丛蓬勃的沙棘，在高耸的断崖上攀爬，意外看见了一片苍绿的苔藓。的确，它们不代表戈壁的辽阔、断崖的奇伟，但赋予了戈壁、断崖以生趣和性灵……

　　由是，我想到了自己生存的时代，想到同时代这些可以被称为人物的朋友。虽然我对大师一词素来悭吝，固执地认为鲁迅之后无大师，但他们中的一些人，已经在各自的领域，代表了这个时代。再过一百年，他们的样范，或许也会被人称颂和景仰，就像我们今天崇敬的五四先生们。时间也会赋予他们光环，同时也会磨去他们信念上的划痕、精神上的凹窝和情感上的焊点，磨去命运的意外、生存的狼狈和性情的扭曲，磨去生命的生动与可爱。

　　幸运的时代全都一样，不幸的时代，其实也全都一样，不一样的，是生存其中的每个人。正因为历史终会将他们风干，化作时代标本，所以我所要做的，就是还时代于个人。尽管我所记述的，只是个人交往，很日常，很琐屑，但这是他们生活的常态和底色。这种叱咤风云中间或的一地鸡毛，高雅淡泊中偶尔的入世计较，艺术创作中些许的商业投机，从容镇定中难免的一筹莫展，都是铸造其样范的另一种真实。

　　本书所记述的，都是朋友，或为忘年，或是同辈。一定的交往和一定的了解，是选取的标准。因而写谁不写谁，无关艺术成就的学术评价，更不构成对文学艺术史的整体勾勒。这种动机与视角，必定无法排除自己的情感偏向和审美偏好。坦率地承认这一点，恰恰表明，在写作中我所追求的，是素材的亲历性和情感的原真性。

世上文章，写人本难，写活着的人更难，写活着的名人尤难，写活着的名人朋友难上加难。一件事，背负了这许多难，自然就难得圆满，难遂众愿。

难事既成，算是遂了一桩心愿。至于是非美丑的评说，我的心情，便是隔帘听风与听雨，一番人间好情致……

是为序。

龚曙光

2023 年 9 月 18 日

《说少功》手稿

说少功

别人是否也会有这种感觉？对此我不太确定。

同少功交往，几乎天然会觉得亲近。吃饭喝茶，论人说事，他都坦诚、随性而谦和。纵是初识，亦如二十年老友，不会生疏隔膜。然而只要一动念，你想审视、探讨和论说他，立马就觉得他距你其实很远，远到目力能及的视野外。即使执意走近，行至半程，也每每因眼前迷茫而却步。

读他的作品，就如同交往他这个人，初看极真切，究之愈深，愈觉得云遮雾锁一派混沌。因了这感觉，写少功便成了一桩心病。也曾写过两回，一回是评《火宅》（修订后更名为《暂行条例》），一回是评《修改过程》。前后相距三十年，写作的体验竟如出一辙：下笔时言之凿凿，似乎一切尽在掌握，回头再读，便有一种不说即是，一说即非的恍惚感。分明是摆出架势论说少功，到头却是呓语似的自说自话……

少功大学高我一届，早半年。我们那两届，前后只隔了一学期。少功入校前，已在县文化馆供职，有写作经验，发过作品，因而刚上大学便发表了《西望茅草地》，且是发表在《人民文学》上并获了大奖；不久又有《风吹唢呐声》被凌子（叶向真）搬上了银幕，自然立马成为偶像。女生不必说，男生见他挎着黄书包去教室、图书馆和饭堂，也会不由自主跟一程。就是校长走在校园里，也绝对没有少功的关注度。那时少功瘦，知青时代留下的黝黑褪而未尽。脸上眉浓眼亮，头发密胡子粗，两腮刮得铁青。一对深陷的酒涡，笑起来一涡子蜜，你心情再苦再丧，见了也会甜蜜舒坦好一阵。

那年为选什么代表，学生上街，学校便急得抓耳挠腮，慌得四面撞墙。学生和校方，都呼吁少功站出来，似乎不论他说什么，说了就能算。起初，少功一直沉默，后来被逼急了，便发了一则简短声明，表明自己不在事外。言辞极诚恳，立场却两方都觉得和稀泥，自然哪边都不讨好，尤其是学生，失落以致愤怒。我倒是在他的声明中，读出了他的态度。这种社会浪漫主义，少功似乎认识到了它的荒诞性、残酷性以及人性上的无解。这种极深邃的思考和悲哀，群情激奋的少男少女自然无暇也无心领会。就在那一刻我悟到，读少功的东西必须找寻其深藏不露的寄寓，读懂他的隐语。

"革命"抛弃了少功。少功似乎并不落寞，但有些悲悯。一天午后，他独自看大字报，我过去冲他一笑，说了几句话，大意是我读了他的声明。他似乎有些意外，但没说什么，只是一笑，但那一笑，立即让我感到了真诚和善意，像是一位相知已久的朋友。在校三年多，我俩单独的接触仅此一次，且与文学无关。我不确定，他是否还记得当时的情景。

再见少功，他已在湘西挂职体验生活。那时，他正高张"文学寻根"的大旗，去湘西，算是他的寻根之旅。偶尔，会有一帮文学发烧友邀他，在边城哪个角落，喝酒吹牛吃"三下锅"。所谓"三下锅"，就是把猪身上多种脏器一锅炖煮，一层干椒，一层浮油，热腾腾香喷喷，吃起来吚喝喧天。少功不怎么喝酒，但为不扫朋友的兴，也时常举杯，高喊逮逮逮（喝酒的意思）！只是杯里的酒，永远下不去。少功到哪里，都会众星捧月被人抬着，但他总是自己从轿子上溜下来。一个坦诚的微笑、几则冷幽默的笑话，便将尊敬化成了亲近。他听说我已考上研究生，便说去山东好，那是孔老夫子的根据地，有中华文化的脐带血。此一去，也算寻根寻到了主根上！

《芙蓉》发了少功的《火宅》，约我写篇评论，我便从济南赶来见他。那时，他已返回长沙，住在银盆岭，是一套略显逼仄的老宿舍。那天我去得早，一见面，少功就问吃了没有，我也不客套，说刚从火车上下来。他便招呼妻子梁预立：赶紧下碗面，多下点！大概他们刚吃过，梁预立还在厨房刷锅洗碗。少功递给我一把椅子，说今天太阳好，我们就坐屋外。那是初夏，阳光纯净而绚烂，江那面的风吹过来，花草在阳光里自在摇晃，很是舒宁惬意。远处有几只鸡觅食，两只公鸡，比拼似的引颈打鸣。我忽然明白，少功何以不搬去河东作协机关那边，而是住在这幢知青点似的老房子里。

少功掏出烟，问我要不？不等我回答，便递到了我手里，说抽支好玩哟！就当干一回不法勾当！少功抽烟时，爱把烟卷举在嘴边，即便没衔在嘴里，也让那一缕青烟在口鼻间缭绕。这应该是当知青养成的习惯，那时，弄包红桔烟都金贵，恨不得把每一缕烟都吸进肚子里。或许因为我到得早，少功脸上的胡子没刮，两腮更青，那张原本瘦削的脸，看上去也更显结实硬气，像个乡下当家理事的精壮汉子。只是那头发遮不住的前额，还有那灵性幽深的眼神，透露出一股浓厚的书卷气。他似乎不想多谈自己的作品，便说些湘西的乡俗与趣事。看得出，他对那片土地依旧眷恋。我给他说起一次经历：有一年，去吉首附近的马颈坳买狗肉，那是一个苗汉混居的寨子。屠夫听说我是大学老师，便翻了翻白眼，满脸都是不屑，说你以为只有你们有文化呀？我们乡下的文化，比你们城里扎实（厉害的意思）得多！你们说洗澡，我们说洗身体；你们说拉屎，我们说屙粪！少功听了哈哈大笑，说生活就是这么魔幻！一个屠狗宰猪之徒，嘴里的日常用语，竟比我们这些所谓的知识分子文雅得多，书面得多！世界原本魔幻，哪里是小说家非要创新出奇？就像世界原本是由印象构成，哪里是梵高神经病发作胡乱涂鸦？

梁预立从屋里出来，手里端了一大碗面条，因为太满，步子迈得很小很慢。我慌忙迎上去，接过面碗，很烫，我问嫂子你没烫着吧？她搓搓手，看了看，说还好还好，笑着问我够了吗？梁预立也清瘦，有一双眯缝眼，还有一对少功似的深酒涡，笑起来一样爽朗甜蜜。不知是他们审美趋向选择了夫妻相，还是因为相处久了长成了夫妻相？反正他们脸上的那对酒涡，像孪生。她和少功是中学同学，又一同下乡到汩罗，他们的爱情在广阔天地里萌芽生长，有一种与生俱来的茁壮牢实，相濡以沫恩爱相守了五十年。后来我时常见她，即使现今谈及少功，她依旧会羞赧脸红，腼腆如同少女。我和少功坐在那里聊天，她便搬了张小板凳，安静地在一旁坐着，不插话，不附和，酒涡里一直漾着笑意。

海南建省，少功南下海口。文学圈内圈外，都算一个事件。虽然那时常有作家下海，但少功创作正值爆发期，每有新作，必不胫而走，人们找不出他下海去办杂志的理由。更重要的是，少功给人的印象，一直是虑事周全、行事沉稳，每一步，都坚实牢靠，怎么会突然铤而走险，跑去海南垦荒创业？我倒一直觉得，沉稳笃实只是少功的一面，他还有欲望与潜能多元多向的另一面，他的自我确证和自我质疑，始终纠缠于一体，无论对社会、对人生还是对艺术，其质疑的精神和重构的意识，在当代作家中显得冒尖突出。少功的人生抉择与艺术追求，看似时有抵牾出人意料，于他，却是本性的驱使和生命的当然。

少功所办的《海南纪实》，每一期我都看。似乎有一种远甚于文学创作的社会介入快意，让他一次次挑战管制的底线。少功肯定没少被邀去喝茶谈心，但刊物依然我行我素。我想，少功是清楚事态结果的，但他似乎已下定决心，直面这一结果。我甚至猜测，他跑去特区办刊的初衷，就是要用这种方式，对中国社会做一次由官方到民意的深度调查，直至探幽见底。这一次，少功的确不沉稳、不宽容、不平和、不妥协。其实，这恰恰是他个性的另一面、智慧的另一种。少功办刊的短暂经历，对我日后创办《潇湘晨报》，是一个深刻的启示。我不想创办一家短命的媒体，不想以"铅刀贵一割"的精神，去做一次实验，提供一次警醒，我的希望，是潜在地、韧性地，批评与建设并重地"影响湖南"。

再次引爆文坛，是因为《马桥词典》。这部挑战和颠覆人们阅读习惯与期待的长篇小说，将少功推上了风口浪尖。小说被指抄袭，对象是塞尔维亚作家帕维奇的《哈扎尔辞典》。两本书名都叫"词（辞）典"，乍一看，容易让人有克隆之疑。何况少功在武汉大学专修过英文，因此连他的朋友对记者也支支吾吾，说如果帕维奇的全译本在国内还未出版，那英译本少功可能是读过的——这话立刻被媒体炒作，成了"抄袭案"妥妥的实锤。一时间，上百家媒体齐喊打假抓贼，竟然闹到了央视一套。少功弄不明白，记者们就不能读读这两本书再说话吗？他更不便说的是，在他看来，东欧那位同行老兄，其"词条"大多是些人名而已，缺少语言学的底蕴和面貌，算"辞（词）典"的确牵强，叫"哈扎尔人物志"还差不多！在有口莫辩走投无路之时，少功只能请求《花城》杂志负责人，尽快全文发表《哈扎尔辞典》，寄望于读者对比阅读自我判断。

多年后，这一跨国公案逐渐水落石出。连国际比较文学协会原主席佛克玛（Douwe Fokkema）也表态，说他"仔细比较过"，称两本书"完全不一样"，而且《马桥词典》的"原创性""比那位塞尔维亚作家的作品更有价值"。《马桥词典》在境内外也连连获奖，说明佛克玛的观点，代表了文坛多数人的评价。

虽然少功说他的"词典体"形式，与他翻译《生命不可承受之轻》有关。但我在读过《生命不可承受之轻》以及《哈扎尔辞典》后，再读《马桥词典》，并没有似曾相识的印象。毕竟我们读惯了唐诗宋词，同样的格律，迥异的意象和情绪，都可以成为伟大的作品。还有同为章回小说，同为书信体小说，你能指认谁抄袭谁？我们几个校友，颇为少功不平，决定撰写一部书，回击抄袭论。于是，我和同窗卜炎贵，专程探访汨罗天井乡，那是少功知青插队的地方，也是《马桥词典》的主要生活素材来源地。

那是我第一次去汨罗。晚秋，稻田刚刚收割，空旷的田畴上，摞着星罗棋布的稻草堆。时见鸭群在田里觅食，饱了累了，便围着草堆睡下，如一枚枚朴素的花环敬献在阳光下，对大地默默祭奠。汨罗江从原野和丘陵中穿过，并不浩荡，却澄碧、蜿蜒，泛着肃穆的光。在白的芦花、绿的菖蒲、黄的芰荷和深褐色的田地间，显得秀丽而庄朴，灵性而滞重。我当然会想到屈原，想到贾谊，想到司马迁，想到杜甫的老病孤舟，还有余光中的"蓝墨水"，但这一切又有些恍惚，似乎凝固在时间里，又好像流淌在江水中……

我们找到当年文化馆里少功的同事，找到村里曾和少功一起生息劳作的男男女女。他们也知道，当年的知青伢子中，出了个大作家，将村里好些人写进了书里。他们似乎并不意外，也不兴奋。他们说：少功伢子当年就是最能写的，当年写的，也就是我们这些人。有人报出一串名字：阉猪佬、弹花匠、赤脚医生、代课老师、作法道士和生产队的大小官员。他们说，不写这些人少功还能写谁呢？再说，把别的人写出来，也没味道！我感觉，他们眼中的汨罗，就是一个完整的世界，是韩少功人生的全部家底。他们跟少功没什么关系，但少功，要靠他们吃饭。俗话说靠山吃山靠水吃水，他们就是少功伢子的山水！我再一次有了当年去马颈坳的感觉：一种强烈的文化错愕、诧异和生命的质朴与奇妙。他们的人生，自有一种浑圆自洽的逻辑和价值观。

这才是少功命里的山水，是《马桥词典》的元气和精魄！我和炎贵将这些记下来，完成了一篇两万多字的稿子。结果，编辑出差，不慎丢在了旅途。当时是笔写纸载，底稿也未留存。好在后来少功没有去打旷日持久的笔墨官司，而是诉诸法律，为自己正了名，书稿即便在，也不再有多大意义。

在一些人眼中，这个倔里倔气的湖南伢子，人缘极好却不合群，看似暖男却实则刺头，就像汪曾祺先生赠他的四个字：与任何潮流都"若即若离"，怎么看都不像自己人。少功是一棵栽在哪片林子里都合适的孤树！

倒是汨罗人慢慢明白了，少功与汨罗有关系，汨罗和少功也有关系。他们跑去海口，邀少功每年回汨罗住一些时日。少功本有避世乡居的想法，去汨罗，也算再续前缘，更何况，汨罗早已是他生命的应许之地。

在紧邻天井乡的八景乡，那里有一座大水库，汨罗人在水库边上，找了一片竹修木茂的山坡，帮着他建了一栋两层的小砖房。大抵汨罗的文化人，也读过《瓦尔登湖》，希望少功住在湖边，也能写出类似的作品，传扬汨罗的山水和人文。当然，也许因为屈原，他们觉得汨罗天生就是一个滋养大作家、催生大作品的文学温床。少功果然不负厚望，不久便推出了《山南水北》，再次成为爆款，将天南地北读者的目光，聚焦到了汨罗江、八景峒。或许每个在城里待腻了的人，都有归返田园的渴望，但真正能从城市生活中抽离出来，长居乡下过农民式生活的，确乎难有几人。于是，阅读少功的这部乡居笔记，便成了人们兑现乡情乡思的一种优雅方式。当年读梭罗的《瓦尔登湖》、梅尔的《普罗旺斯的一年》，我也曾于心戚戚，希望自己能有一段那样的时光，能记一本那样的笔记。

少功和妻子，变成了一对真正的"候鸟"。每年过完清明来汨罗，中秋后飞海南，每年约有半年，待在湖边日出而作日落而息。少功种菜、养鸡、砍柴、赶集，下湖游泳，上山远足，和附近的农民聊天，为邻里化解纠纷，给边上的小学讲课……那是一种自我圆满的生活，生活的价值就是生活本身，不需要去找寻额外的意义。小小的收获和欢喜，小小的失落和遗憾，具体而真切，充盈而笃实。那是一种生活方式，也是一种生活态度，方式与态度合二为一水乳交融。

2013 年，全国书市选址海口，我邀少功做一次对话。每年书市，我都会做一场，因为那年在海口，便找到了少功。对话的题目，是"数字化时代的文化生态和精神重构"。之前，我看过少功好几篇文章，其中有涉及这一主题。一个常年住在乡下的人，关注和探讨这么一个新锐话题，本身就有一种反差，就能形成期待。到了海边的会场，少功才说自己重感冒，一夜没睡好。因为烧还没退，少功脸颊潮红，嘴唇干裂，眼神也有些迷离，说话有气无力。我没见过少功如此虚弱的样子，便请他还是回去休息，我一个人做讲座顶上去。少功笑一笑，说：来都来哒，哪能当逃兵呢？轻伤不下火线哈！不是说湖南人吃得苦、霸得蛮？今天我就霸回蛮！那天，少功真是霸了蛮，两个小时下来，身上汗得透湿。

　　头回去八景峒，是因为我的散文集《日子疯长》。出版社见我是业余写作，又是素人，建议找几位名家站台吆喝。找人我不难，人家大抵也会给面子，只是自己不好开口。犹豫再三，考虑到编辑的经营压力，便依了社里。我带着书稿去八景峒，是为了请少功写几句推荐语。

　　沿着八景学校的围墙，有一条小道，路窄不可行车，只能走着进去。不远处有一道大铁门，铁门的油漆已被铁锈替代，大抵从安装到如今，压根儿就没开过几回。大门上还有一扇小门，虚掩着，推门而入，再行百余米，竹木掩映中，见一幢二层小楼，红窑砖，清水墙，色泽暗沉，初看颇似当年银盆岭的宿舍。我叫了一声韩爹，少功应声拨帘出来，眯缝着眼笑。人快七十了，一对酒涡竟没变，满满一涡子笑意。少功一件灰色麻布对襟衫，一条藏青阔腿裤，一双百纳底布鞋，这装束，正是当年我在天井乡走访时，见过的老农们的装束。我告诉少功，刚才向一个中年妇女问路，听到少功她先是一愣，然后恍然大悟：你是问韩爹住哪里咚？那边，那边！少功说：刚住来这里时，我四十多岁，村民见了，都是喊韩爹。我当韩爹已经二十多年了。在这里，韩少功不是名人，韩爹才是老少皆知。我突然想到，湖南当年那批作家，有水哥、蔡哥、伟哥，怎么从来没有人叫少功韩哥、少哥、功哥呢？原来是被汨罗人早早升了级，跳过了该叫哥的那段年岁。

屋里似乎没有装修过，水泥抹地，石灰粉墙。几样已经发黑的原木家具，一看便知是村里木匠的手艺。墙上几幅字画，是多年前朋友们的手笔，只有一幅少功的肖像，是村里一个青年照着照片临摹的。这个初学美术的年轻人，对自己这件作品颇得意，便自作主张挂在了堂屋墙上最当眼的地方。

我告诉少功，自己写了一部散文集，要出版了，请他帮我看看。我到底没好意思把请他写几句推荐语的话直挺挺说出口。少功连说好的好的，伸手接过稿子，放到墙边的桌子上。我看见桌上堆了好些书，也有一些书稿。谈到他手头正在写作的长篇，我希望他能交给我们集团出，他说早已和花城出版社签了。少功的作品就是这样，孕还没怀上，亲已被人定走了。

过了十来天，少功发来一条短信，竟是一段推荐语：

悲悯于情，洞明于智，鲜活而凝重于文。梦故园点滴透功力，怀众生寻常见大心。说是试啼之作，却有厚积薄发脱俗孤高之大气象。

少功竟这样善解人意！不必你开口，便把事办了。只是后一句话太重，即使纯粹是期望激励之语，我也觉得当不起。我还没来得及打电话致谢，少功的电话便拨来了，说每篇他都看了，比他想象的好。原以为会是"老干部体"，结果比有的当红作家都好！我连声道谢，少功却说你要感谢梁预立！那几天我在赶长篇，她把你的稿子拿去看了，看完催促我：那你一定要看看，真的写得好！梁预立平时很少咯样夸人，所以我赶紧读了。少功还说曙光你要写下去，还要写小说，你的文字、语感、思想都有了，你的生活别人又没有，不写可惜哒，不写就浪费资源！贪污和浪费，是极大的犯罪哦！这显然已不是惯常的应付客套！虽仍是少功似的幽默，却绝对不掩真诚的期望。

一年后，第二部散文集《满世界》出版，我直接开口请少功作序，他一口应承。我读过少功写拉美、东欧的散文，那是行踪与文明的叠合，是身体与灵魂的同游，是对自然史和思想史的双重探险，绝不是一般的文字攻略和打卡游记。我确信，少功能读出我游踪背后隐藏的种种思考来。在序言里，少功果然指出：他看世界的透镜，敏度、口径和焦段，都比别人大了许多。

有那么几年，少功还在湖南大学、湖南师范大学客座兼差，除了自己上课带学生，还负责请作家来校讲座或对谈。有几回，他叫了我去滥竽充数，我只当是替他完成工作量。在文学圈，少功有口皆碑！论人脉，我接触过的作家，无论著名不著名，只要说起少功，大多心怀敬意。少功无疑是受国内外学术界关注和尊敬最高的当代作家之一。他的作品，被翻译成多种文字，获得了多个国家文学荣誉，他频频受邀去国外讲学。但你任何时间见他，都是一身老农式的朴素装束，一脸坦荡诚意的谦和微笑，只是这朴素和谦和，怎么也掩不住他那学者式的博学、智慧和幽默。少功不诓人不怼人，不仰视不俯视。你觉得他在文学界永远在场，然而每值荣誉抢夺、圈子纷争，却发现他远远站在场外。

　　回归文学这些年，我时常去八景峒，有时一年两三回。少功路过长沙，也会一起吃个饭，围着书房里的火炉，喝茶聊天烤红薯。有一天，谈到他近年所写的那些思想文化杂论，我建议他收为一个集子，交由我们集团的文艺社出版。他想了想，觉得有点意思。之后，我隔三岔五催促，逼他尽快交稿，我担心夜长梦多，又被人中途打劫。过了大半年，文艺社打电话告诉我，少功的稿子交了，取名《人生忽然》。我觉得，稿子的内容，似乎与标题不搭，他们说少功加了一个板块，是他知青时代的部分日记。起初，我有些犹豫，但社里说少功很坚持，于是我让编辑把稿子送过来，自己读一读。

稿子通读后，我又把日记那一部分，重点再读了一遍。那些篇幅短小、文字简洁的日记，记载了一个十八九岁青年遇到的人、发生的事、读到的书、思考的问题，从中不仅看到了《马桥词典》《爸爸爸》《日夜书》《修改过程》中的诸多人物原型，还看到了后来思想文化杂论中，许多思考的源头，尤其是看到了少功在审美、思维和人生态度上最早显露的个人特征。我看到了少功作为一个作家的成长史，发现了少功之所以成为少功的原初根由。我欣然同意了少功的想法，将日记编入了这本集子。书甫上市，好评如潮，多地多样的文学奖、排行榜，扎堆似的颁给这部书。甚至出乎少功自己的预估，这本并不通俗的集子，竟成了除《山南水北》之外，他销量最好的散文集。

曾有朋友问我：

少功住在乡下，过着农民式的生活，如何能阅读那么多前沿科学的新书，面对那么多古老而新锐的问题，做出那么多深邃且个性的时代性思考？他的生活模式，是康德式的当代版本？

少功似乎是外圆于人，内方于文，其思维之刃如一束激光，能洞穿诸多思想难题。在另一方面，他又内方于行，外圆于识，对那些结论似乎又一直充满着自我质疑、自我诘问。

少功对诸多社会问题的审视，每每从常识辨析入手，最终又归于常识，似乎回到了起点，而其中的论说，却怎么又让人有茅塞顿开之感？

少功的小说，似乎总有一副坚硬的理性骨骼，总觉得时刻可能刺破感性的皮肉，然而读完小说，你记住的却是人物的行状、命运的悲喜，是无数荒诞而又温情的生命意象。他写作的过程，像一个泥水匠，不停地将柔软的泥浆敷上坚实的墙体，又似乎这原本就是一个彼此依附彼此消解的过程？

少功始终在文本构造上探险，无论小说还是散文，执拗地挑战甚至摧毁读者的阅读经验，那似乎是一种预谋，又似乎是随性而为，水到渠成，并非为了实现某种既定的审美图谋。

少功无疑属于了解甚至接受西方思想观念最多的那类当代作家，却又始终持守着一种东方式的古老思维和智慧，他的思想，坚定却又自由放任，他的道德，谨严却又宽宥包容……

我自然无法回答这一连串的问题。长久以来，我亦为其困扰。作为一位曾经的职业评论家，少功一直挑战着我的专业自信心。读过不少讨论少功的专著和论文，似乎多属执白弃黑、非黑即白的逻辑对弈。纵有论及思维特征者，亦仍在形式逻辑的三段论里绕圈子，似乎终究没有走出来。或许，这也是少功的魅力，给读者留下一个又一个谜团，却始终不给谜底。当然，也可能在他看来，谜团即谜底。

《修改过程》出版后，少功、跃文、黄灯和我，有过一场对话，主题是"文学人的想法和活法"。地点是醴陵渌江书院，朱（熹）张（栻）第一场对讲的地方。那次，我有些霸道，发言时间长，情绪亦亢奋，似乎看少功有了一个新视角。后来读录音整理稿，又觉得依旧没有谈透，只是囿于皮毛。回来后重读他的主要作品，倒慢慢有了些新的感悟。

少功看上去有点博大，也有些驳杂。他阅读广泛，文史哲、艺术和科技，还有各种好玩有趣的闲书，且各取其长，并不偏好某一类。西学东学的观念，每每信手拈来，各尽其用，并不在意其学派和当时的语境。在他手里，这些都是建筑材料，被他赋予新的结构意义；少功社会观察点广泛，视界无域限，衣食住行、工农商学、文艺科技、外贸内需、自由与权威、发展与稳定、奋斗与躺平、同性恋与不婚主义，凡此种种，无论与文学有多大相关，只要有触发有感动有思考，便会行诸笔端，想清楚了的写散文、杂论，想不清楚的写小说；少功审美趣味广泛，诗词歌赋、书画戏剧、先秦风雅、唐宋气象、明清趣味、王丽赵瘦、怀放柳谨、敦煌壁画与北魏石刻、希腊风格与罗马风尚、古典主义与达达主义、印象派与野兽派、好莱坞大片与左岸文艺片、拉美作家与东欧作家……少功拿来悉数一锅煮，最终熬一锅自己的汤。令人奇怪的是，这些广泛驳杂甚至对立的元素，却妥帖地结构在文本中，不是消弭融化，而是对峙并立，像一片石林，像一块群峰耸峙的大地，像世界本有的样子。

"世界本有的样子！"观者如是观，如是观者观。怎样观世界，取决于有怎样的世界观，怎样观世界，又构建了怎样的世界观，这有点像鸡蛋相生的弯弯绕。人的初始世界观，大多得之于启蒙传习，之后才在怎样的世界观与怎样观世界之间交替衍化，得到一个属于自己的"世界本有的样子"。世界观就是一面透镜，精度、敏度、口径和焦段不一样，看到的世界便不一样，悟出的道理也不一样。同为古代先贤，其视界也是有大有小的：老子、庄子，观察的是天地洪荒、万汇万物，探讨的是万物与万物的关系，人与万物，只是其中一个点；孔子、孟子，观察的是人与人的关系，韩非子观察的是人与国家的关系，墨子观察的是人与器物的关系……视界不一样，结论自然就不一样。

少功的博览群书、关注万象、集采众美，或许只是为了打磨自己的透镜，使其敏度更高、口径更大、焦段更远，使其成为一个真正的广域镜头。在这一点上，他似乎步了姬昌、老子和庄子的后尘，不是承袭了他们的学问，而是打磨出他们的透镜：以天地万物为视域，聚焦人间世相，以天道为本、人道为器。以天道论，存在即存在，也就是在便在了，无所谓合理与不合理；以人道论，才有了合理与悖理之分。天道譬如广角，人道譬如聚焦。站在人道的立场，少功也激烈，也愤慨，也尖刻，无论小说与杂文，不时致人以锐痛；站在天道的立场，少功也平和，也包容，也宽宥，时时给人以通达明慧的慰藉。少功并不企图消弭二者甚至多者的矛盾和对立，甚至有意使其并峙在思想里、文本中。少功确乎跳出了各是其是、各非其非的现代语境，抵达了天地万物、阴阳合一的原初思维。在横向、纵向的思维维度之外，少功还有一种混沌浑圆的生命直观。正是这一维度，使其思想不囿于形式逻辑的对立统一，而是从自然与生命中体悟出的万物纠缠、天地一同的混沌观照，是无所不为存在而又无所谓存在的破维思维。如是再回头看少功的知青日记，便会发现他对乡俗中的怪力乱神、道德上的随性逾矩、命运里的欣悲由之，有一种那个年龄少有的见怪不怪，甚至包容理解；回头再看少功的"寻根"，便会发现他所寻找的，并非某种学术结论、思想金句，而是一种观照世界的思维方式，一种观世界与处世界的生命态度。

当更多人在打磨自己的作品，使其更唯美、更个性时，少功却在打磨自己的透镜，使其更广域、更深邃。凭借这枚透镜，少功不停地翻揭社会与人生的底牌。他是一个执着的磨镜人，又是一位执拗的翻牌者。因而少功笔下"世界本有的样子"，对某些读者来说，便显得陌生新奇，不可思议又充满诱惑；少功文中思想的论说，便显得深邃警策，同时又反观自省，设问质疑，在看似作者的不确定性中，读者却获得了某种确认。

我不确定，这是否就是少功，也从未和他谈及。我深信，这种话题，是根本无法同作家本人谈论的。就像一个医生，说某人的生命系统与别人不一样，除非有确定的医学影像，否则怎么都开不了口。只是，有了这种体认，再读少功的作品，我会觉得他所追求的，不是一种艺术结构上的纯粹、妥帖，而是一种世界本质的混沌浑圆，不是一种艺术形象上的理性与感性的水乳交融，而是一种生命意象上的情理相生……

"十一"临近，依例少功将离湘南行，我特地赶去八景峒送他。到达时，已有客人在。见我到来，纷纷起身告辞，说是前客该让后客。我刚坐下，又有一拨接一拨的人来，乡里的、市里的、省里的；农民、官员、作家，真是各式各样。少功和嫂子忙着端茶递烟，酒涡里一例满满的笑意，嘴里还不停地说：不必咯样客气哈，都是老朋友哒！反正明年还要回来的，我们咯一对候鸟，还要南来北往飞好多年呢！

少功一直忙着迎来送往。我看着一拨拨来为他送行的朋友，猜想他们与他的交往，是否也有接触愈频繁、交往愈亲近，愈会感觉出一种无法把握、无法定义和言说的茫然？少功属于那种能摧毁读者判断自信的作家，他执着地让人在做出判断之后，回头再质疑这一判断。他要给予的不是结论，而是这种质疑的态度和结论不断被修改的过程。

少功是似是而非而又似非而是的。在他这里，这不是一种逻辑循环，而是一种艺术与生命的真实存在，一种巨大到不可忽视的存在。

　　我曾猜想，少功在读到这篇文章之后，再见我会怎么说？是说那我没你写得这么高大上？还是说你讲我"四不像"哈？那我就是克隆人、星外来客和ChatGPT的合体！我想象他会边说边眯缝着眼睛笑，酒涡里满是机智、善意和淡然。

2023 年 4 月 19 日

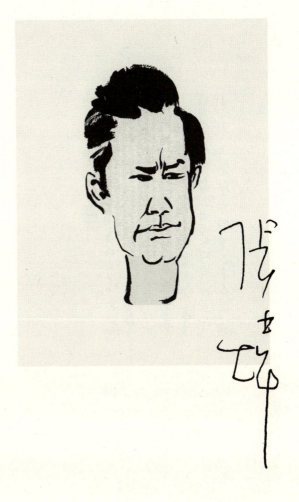

《历史荒原上的歌哭者》手稿

历史荒原上的歌哭者

　　认识张炜的那个秋天，济南很燥热，也很躁热。一城人，仿佛仍旧炙烤在盛夏里，空气滚烫，精神也亢奋得一点就能着。我从湖南考研过来，一点没觉得这是到了北方。早年读老舍先生的文章，记住了济南的秋冬是没有分野的，便担心秋天会冷得早。没想到，济南的夏秋也会分不开，时至深秋，依然不见沁凉宜人的爽爽秋意。三十多年过去，如今回头想，那年的燥热当然是因为洋流和季风，而躁热则大抵与张炜有关。

　　就是那个秋天，张炜在《当代》推出了长篇小说《古船》。如同一枚当量巨大的核弹，引爆后产生的热辐射，覆盖了泉城，甚至整个山东半岛。那时节，文学不分圈内圈外，整个社会就是一个文学圈。济南人不论性别，不论职业，几乎人人都在谈论《古船》。打的士进城，司机竟和我探讨隋家两兄弟，究竟是抱朴还是见素更可爱。虽说当时没有网络传播，但社会对《古船》的关注，绝对超过眼下最火的网红歌曲。

那时省与省、市与市，相互攀比的不是GDP，而是作家的诞生量和作品的影响力。其时文学湘军、陕军和鲁军打得难分伯仲，张炜一甩手，扔出了《古船》这一王炸，震得其他军团头晕目眩、措手不及。毕竟各家比拼的常规武器是中短篇，像《古船》这样的长篇，就算战略核武器了。更让人心惊胆寒的是，这位核弹制造者年仅三十岁，谁也说不清，他还能造出多少枚这样的大杀器。《古船》一举改变了文学鲁军的战略地位，致使整个秋天，济南都沉浸在异乎寻常的兴奋与躁热里。

我与张炜，就相识于一场关于《古船》的研讨会。

山东师大原本是中国现当代文学研究的重镇，如今本土出了震撼文坛的《古船》，自然近水楼台，立马拉上张炜开会研讨。那天朱德发、宋遂良、冯光廉、蒋心焕等一众名教授悉数出场。会场被学生围得水泄不通，连窗外也有人搭了凳子，伸长脖颈将脑袋挤进来。那场景，全然不像高雅堂皇的文学研讨，像极了乡下争先恐后看新娘。

会议的主题出乎意料，既不是评判《古船》的思想成就，也不是探讨其艺术得失，而是"张炜未来的创作能否超越《古船》"。教授们似乎认定，《古船》已经是无须论证的经典，他们关心的是，太过年轻的张炜未来该如何自我超越。先生们一改平日冷静刻板的话语风格，慷慨激昂地为张炜出谋划策，学生则听得热血偾张。环视会场，只有张炜局外人似的坐在那里，脸白皙却没有光泽，眼清澈却没有神采，如一个刚刚生产尚未休息的产妇，既兴奋又疲惫，正襟危坐的身体，似乎只要谁吹一口气，便会前倾后倒……

　　直到宋遂良先生点名让我说说，我才从对张炜的观察中回过神来。因为没做发言准备，突然被点名，便不知从哪里说起。看着张炜气血两亏、大病初愈的样子，我便认定张炜的写作，一定是那种竭泽而渔的生命耗损，小说中许多篇章，不是一种正常的文字表达，而是一种自焚式的生命燃烧。我举了隋抱朴河边那段内心独白，如果不是彻底的生命燃烧，没有人可以保持住那超长独白的情绪浓度，并将小说由此推向高潮。没待我说完，张炜腾的一下站起来，白皙的脸颊涨得通红，两手撑在桌上，费力地支着身体，声音很高，却明显让人觉得气弱：这位曙光同学，讲得太对了！我把小说写完，人被彻底掏空了，躺在床上好多天，怎么也爬不起来。曙光能从文本中读出作家的生命状态，这是了不起的天赋！我斗胆做个预言，假如中国能出一个车尔尼雪夫斯基，一定是曙光！

　　于是，我有了一个"龚斯基"的戏称。虽然我并未将张炜的预言当作人生目标，但他的肯定，一下将我俩拉得很近。只此一面，我们便成了彼此看重、彼此欣赏的朋友。张炜的预言传播出去，立即有好几家刊物约我评《古船》，竟莫名其妙被我婉拒。此后大约有十年，我从未动念写张炜，似乎我们之间的交流，始终在心里，也永远只属于彼此，一旦书写出来公之于众，便是一种亵渎。我甚至一直拒绝阅读关于张炜的评论，包括导师遂良先生写他的文字，不想让任何人的观点，影响我对张炜及其作品的评价。这种近乎偏执的心理，我自己也无法解释。

《古船》是中国当代文学真正的少年意气之作，犹如王勃的《滕王阁序》之于大唐、王希孟的《千里江山图》之于大宋，是天分与赤诚、才气与豪气融合的矜才使气之作，是睥睨同侪、独辟蹊径的艺术断代之作。我一直觉得，《古船》是正面表现中国现当代社会变革非常宏大、深刻的长篇，张炜以其无所顾忌的少年英气，在道德与人性、社会演进与民众生存的血腥冲突中，揭橥了底层社会的政治无奈和人性无助，在社会变革的无解悖论中，倔强地信任并期待人性的强大复苏。《古船》对社会认识的尖锐深刻是少年的，对人性歌哭的偏执决绝也是少年的。无论小说中展示了怎样的社会不良与人性不堪，作家生活解剖的勇气、艺术创造的自信，始终昂扬着一种单纯而磅礴的气质，那是一种苦难甚至灾难压不垮、失望甚至绝望掩不住的少年英气。她属于张炜，也属于新时期文学。对于张炜而言，青春少年不是一个人生阶段，而是一种生命状态、艺术气质，无论岁月流转，始终是张炜作品的不变底色。就文学史而言，我一直觉得，新时期文学的青春期太过短促，未经青春勃发狂野生长，便已早熟衰老。而张炜，恰恰是这一历史走向的一个例外。《古船》之后，类似的题材又出了《白鹿原》《羊的门》，都是实力沉雄之作，张炜独具那种目空古今、自信挥洒、执拗倔强的少年气质。

济南三年，我和张炜见面并不多，见了，也几乎不谈他的作品，似乎我俩都有点避讳可能发生的当面赞美。因而我对《古船》的这些评价，至今未同张炜交流。

1989年初夏，我临近研究生毕业，张炜打电话问我：愿不愿意留在山东？愿意的话，他就在作协用力推推。我以为他就是说说，结果他真的向作协作了推荐，建议把我留在创研室。那时，很多单位都不愿意进人，好些研究生找不到接收单位，导致外省考生原则上从哪儿来回哪儿去，我于是也将档案发回了湖南。不久张炜告诉我，留在作协有戏！我将档案的事据实以告，他竟为此十分懊悔，觉得是自己在作协那边推进太慢。我说：考前我就答应了吉首大学毕业后回去，与推进的快慢没关系。听了这话，他才有些释怀，端着酒杯说：回湖南也好，一个真正的文学大省，你在那里能有作为！他特别提醒我：别忘了他当初的预言！说实话，他若不提起，其实我早忘了。我仍旧是嘱咐他保重身体，千万不能像写《古船》那样拿命拼了。

《九月寓言》刊出，我欣喜若狂！首先，表明张炜的生命力已完全恢复，若非满血复活，《九月寓言》不会一气呵成，写得那般如诗如歌；其次，《九月寓言》堪称一件完美的艺术品，结构匀称不枝不蔓，晶莹剔透毫无杂质，近三十万字的长篇，质朴铿锵有如《国风》中的一首短歌，苍远朦胧有如艾略特的一首长诗。这部被不少人视为另类的小说，既彰显了张炜生命吟唱的诗人本性，又凸显了他结构经营的文体功力。象征在这部小说中，已不是修辞手段、创作方法，而是一种观照自然、重构历史的世界观，一种彻底艺术化的生命态度，因而既超越了《古船》中象征手法的生涩，又超越了同时代作品象征主义的伪劣。我时常随手翻开小说，大段大段地诵读，那苍茫无际的象征，使你分辨不出作家是叙事还是抒情，你只要沉浸于那如泣如歌的节奏，便自然而然激发出对土地的膜拜，对生命的敬重，对灵魂的拷问。那是一首击穿现实质感，将灵魂放飞于古今的古朴单纯的歌谣，时而苍劲激越，宏大到充塞天地之间，时而悠远缥缈，缠绵到不绝如缕。你无法定义她是礼赞还是忏悔，是抒情还是述史，是传统还是现代，如同所有的羊皮经书都昭示着未来，所有的未来预言都回应着古老。

有几次，我提笔想为《九月寓言》写点什么，坐在书桌前，就是动不了笔，仿佛一件精美绝伦的瓷器，我要去进行化学结构分析，或者是引经据典地论证它为什么美，怎么都觉得是一种糟践、一种亵渎。张炜的每一件作品，我都视作其生命的一种分蘖，要我像一个解剖医师那样，无动于衷地指出其哪里好哪里不好，根本无法做到。我甚至觉得，对张炜，我只能是一个纯粹的朋友，一个忠实的读者，绝对做不成一位车尔尼雪夫斯基式的批评家。命运总是这般无厘头！原本张炜发现我并引为朋友，是因为我的文学批评，结果因为成了朋友，不仅只字未写，甚至连评论的勇气和意愿都没有了。

稍后我离开文学界，去一家五星级酒店当老总，正经八百做了一个商人。张炜得知，大光其火。他似乎认定我是因为经济困顿做此抉择，恨不得拿钱接济我，帮我迷途知返。我在电话里说了好些理由，他根本不听，只是觉得我这一走，就是对文学的背叛。我越辩解，他越气愤，最后干脆把电话挂了。

这一挂，挂断了我俩十四年的联系。

我虽身蹈商海，但张炜的主要作品，每出必读，只是仍旧不读别人的评论，也不与人谈论交流，固执地守护着自己的阅读感受，如同守护一个彼此的约定。我猜想，张炜应该早把我忘了，一个被他视为文学叛逃者的人，没有理由仍然存留在其友情世界里。2011年底，我被评选为央视的年度经济人物。纷至沓来的祝贺中，竟有一份来自张炜。他依旧是打电话，拨通后依旧沉默片刻，然后说：曙光，你做生意能做成个经济人物，也算没有辱没文学！这个奖，还真有含金量！我们也没多说，他告诉我过几天会来长沙，便相约见面再聊。五天后，他到湖南作协讲课，我先去听课，然后一起聊到深夜。他看上去没有什么变化，白皙，倦怠，说话慢条斯理，讲到激越处，依旧两腮潮红，两眼炯炯放光。我俩谁都没有谈及自己这十多年的生活，讨论聚焦的，是近二十年经济与文学的关系。

《潇湘晨报》的一位记者，探知我和张炜二十年前相识，如今一个获了茅盾文学奖，一个成了年度经济人物，分别在文学和经济领域摘得了桂冠，如果做一场对谈，不仅有意义，而且有意思。我把记者的提议给张炜说了，他也觉得有趣，于是便有了次日的对谈。《潇湘晨报》以《近二十年中国经济对中国文学的影响》为题发表，同时推到了网上，一时引起了较多关注，尤其两位对谈人的身份与友情，增加了稿子的传播力。

正是这场对话，让我找到了回归并参与文学的一种新方式。其后，每年的全国书市，我与某位著名作家的对话，成为中南传媒的保留节目。我分别与韩少功、残雪、余秋雨、王跃文、阎真、李修文对话，每一场都在展会主办城市，成了关注焦点和传播话题。三联书店将这些对谈结集，推出了《一个经济人的文学观察》一书。到底还是张炜，又把我拉回了文学现场。

我问张炜，想去湖南哪里走走？他脱口而出：汨罗！我明白，他是要去朝圣。我便约了他的朋友水运宪、佘璐陪同前往。时至岁末，汨罗江芰荷残折，菖蒲枯黄，一脉江水冷冽地流淌，其情其景，倒是一派寻祖朝圣的肃穆气氛。我们先到的是杜甫墓。墓庐虽经修缮，但规制与气象，依然寒碜，暗合了老病孤舟的凄惨晚景。大门的对联，是李锐先生撰联并书写的：千秋痛感茅屋叹，百代犹闻酷吏呼。其苍古刚劲的书法，忧愁悲愤的寄寓，倒是对杜甫的身世与诗意的隔世回应。张炜在门口肃立良久，然后回头望了我一眼，一切尽在不言中。

抵达屈子祠，已近黄昏。凛风斜阳中，白墙朱柱的门头，显得拙朴庄肃，有一种独立千古的沧桑与倔强。祠内但凡名人瞻仰，依例当有古乐祭拜之仪，张炜执意婉拒。他静静地站在大厅内，并不辨读清代名宦大儒李元度、郭嵩焘所撰楹联，而是放空了目光，屏息静听岁月的回响，仿佛隔着两千多年时空，他依然能与屈子对话，关于浪漫、忧伤、高贵、决绝及其不改的少年情怀……归途中，张炜一直沉默，似乎身虽上车，心却淹留在了屈子祠。

回济南后，张炜寄来签了名的《你在高原》，那是厚厚的一摞书。他用了整整二十年的生命时间，创作了人类极长的一部小说，共四百五十万字，这是绝大多数作家，穷其一生也无法完成的创作量。这位看上去永远像个病弱少年的内敛男人，总是凭其坚韧，用生命创造艺术奇迹，一次次让世界为之惊诧或惊喜。

得知他正在写作新的长篇，我请求他交给集团旗下的文艺出版社出版，他说得与别的出版社协调，因为早就答应了人家。我知道，这种勾兑通常无效，谁会把到手的名家稿子拱手相让？因而也就不再追着索讨。半年后，文艺社说张炜的稿子收到了，且是一部正面表现当下社会生活的长篇。我曾承诺，张炜的长篇，我自己当责编，于是我把书稿仔仔细细读了两遍，然后邀请他来长沙改稿。

这部小说，他从 1988 年开始构思，创作周期超过二十年。所描写的生活，直接抵近了本世纪，抵近了名副其实的当下，加上主人公又是一位超级富豪，生活的隔膜和题材的敏感，使张炜在大胆突破的前提下，具体操作格外谨慎。他请好几个人看过书稿，并根据所提建议做了多次修改。有了前面反反复复的折腾，书稿他不想再大动。但我毕竟二十多年在商海扑腾，对于中国经济的底层逻辑、财富增长的时代密码、贫穷与富有的人格悖论，以及超级富豪的生存方式，有比张炜更直接的了解，更切身的体验，我觉得，这部《艾约堡秘史》距离成为 21 世纪的《子夜》，还有提升空间，还需再做修改，而且提出了较具体的修改建议。张炜见我态度坚决，期待诚恳，便放弃了就此交稿的想法，静下心来将小说从头至尾再修改了一遍。小说出版，不仅为当代文学史贡献了淳于宝册这样一位独特人物，贡献了蛹儿爱情的绝美篇章，贡献了贫穷与富有的疯狂肉搏、欲望和灵魂生死纠缠的当代版本，而且获得了当年京东文学奖的百万大奖。

或许因为是责编，觉得有责任为这部作品写点什么，于是我一改多年的内心禁例，提笔写下了阅读笔记《诗性的蓄聚与迸发》，并刊发在《文艺报》上。我从"历史感与历史性""阳光少年与忏悔者""精神高贵与文本高贵"三个向度，对小说的价值进行揭橥。虽然评说的对象只是《艾约堡秘史》，但视界却是张炜的全部创作，可以说，这三点探及了张炜文学创作的核心，揭示了他艺术风格的审美专属性和生命本体性。这是与张炜交往三十多年，我评论他的唯一文章。大概正因这一点，他颇看重，读过立马发来短信："你的文，势好，但不呛人。辞章锋利却不艳丽。在社会与审美两个层面上能够统一体悟，是真正的文学批评。"他又转发别的作家、评论家发给他的评价，以证明自己的赞赏，不是因为当局，也不是孤评。

张炜读到我的散文，是佘璐发给他的。那段时间，我集中在《人民文学》《当代》《十月》推出了十多篇。得知我已将其结集，准备交给一家新近崛起的出版社，他断然反对，自告奋勇向人民文学出版社推荐，且承诺为之作序。后来，《日子疯长》果然通过了人民文学出版社的选题论证会，成为我的第一部散文集。

张炜不仅践诺撰写了序言，而且将其发在了《人民日报》上。他在序中说："全书的丰富性既表现于斑驳的色彩和含蓄的意绪，又由淳朴率真的美学品格显现出来。他写苦难不作强调，谈幸福不事夸张，所有议论和修饰都给予了恰当的克制。这部忆想之章，把坎坷与折磨化为题中应有之意，内容上毫无沉郁滞重之气，形式上也没有迂回艰涩之感。它转述的是流畅的生活和乐观的精神，有一种自然沉稳、自信达观的气度。我们掩卷之后，除了对人事耿耿于怀，还有关于风物的不灭印象。"这篇序言，与白先勇先生为《日子疯长》（中国台湾版）所作的序言，构成了彼此辉映的稀世美文。

一年后，我的散文新著《满世界》出版，张炜又为之站台推荐。他的尽心尽力，除了确实喜欢这些文字，更因为我"迷途知返"的文学回归。不论是写评论，还是写散文或小说，只要是在文学的田地里耕作，张炜就觉得不负才华、不负生命，他都鼎力支持，即便"稀泥巴扶不上墙"，他也心甘情愿做这份无用功。对于文学的赤诚之心，张炜不但数十年不改，而且日久弥坚。

这些年除了创作，张炜最呕心沥血的一件事，就是万松浦书院。从策划、凑款、施工、运营到教学，他无不亲力亲为，所费精力与心血，应该不亚于《你在高原》的创作。自打书院落成，他便邀我过去小住，几乎每年必邀，可我总是阴错阳差，未能成行，这让他有些沮丧，如同他的得意之作问世，我始终没有开卷阅读。去年他又弄了一本杂志，命名《万松浦》，第一时间向我约稿，甚至建议我去开个散文专栏。他从网上看到我的《说少功》，便打电话让我投给《万松浦》，但此前我已投给了《天涯》杂志，且马上就要出刊了。他在电话那端长长叹了一声气，仿佛错失了一件宝物。我连忙说将写另一位名作家的稿子给他，他立马拒绝，大意是只有少功这样的作家，才配得上《万松浦》，可见他把"万松浦"三个字，看得有多重。

年初，我主持首届"芙蓉文学双年榜"的评选，他是组委会挑选的终评委。开始欣然接受，临近终评，他却向组委会提出辞呈，说是身体不好。我立刻打电话给他，询问出了什么状况。他说偶尔有些眩晕，但真正的原因，是入围作品中，有的在他看来有"跟风"之嫌，甚至有不好的苗头，他不能为这种文学风气张目助力。我说你是评委，推选哪部作品是你的权力。而且我们实施的是实名制评选，即使是你不赞同的作品被选上了，大家也知道你没投票呀！他沉吟良久，最后同意以通信方式投票。他的票上，真的只投了七部作品，其中一部摘了桂冠，就是少功的散文集《人生忽然》。

由此见出，但凡涉及文明立场和审美原则，张炜不苟且不迁就，不管是面对权力诱惑，还是友情纠缠。这些年，不断有人希望将《古船》搬上银幕，但在改编中需要迎合某些标准与风尚，张炜断然拒绝，不留商量余地。不少作家因作品改编名利双收，赚得盆满钵满，他丝毫不为所动，甚至认定，任何视觉介质的呈现，都会对文学审美造成根本伤害，是对审美鉴赏的降格以求，如此便损毁了文学的本质价值，也贬损了作家的本质价值。

张炜毕生致力于文体创新，他所敬仰的，始终是如雨果、托尔斯泰、陀思妥耶夫斯基、马尔克斯这种靠语言创造而不朽的大师。在这一点上，张炜不是显得不合时宜，而是真正不合时宜，不屑于迎合时宜。

上半年，一个夜深人静的夜晚，我问张炜近来身体可好？他说有点糟。我正想问他究竟是什么毛病，他突然说：今年六月文学退休！我不明白他所说的退休，是说封笔休息，还是扔下文学转事他业？其实，无论他指的是哪一种，张炜都是做不到的！这个把一生献给了文学的人，不可能将文学从生命里卸载。

回想1986年秋天，《古船》刊出文坛震动，到如今夜深人静宣布文学退休，确乎是其艺术生命的一个闭环。无论未来张炜是否还有新的文学创作，他已经完成了自己作为一位史诗级作家的艺术造型，譬如荷马作为一位大海边的吟唱者，托尔斯泰作为一位庄园里的忏悔者，张炜则是一位历史荒原上的歌哭者，他是永远迎着朝阳奔跑的青葱少年，又是永远面朝夕阳忏悔的思想者。生命中的欣悦与苦难，灵魂里的自信与自疑，投射在他的创作中，成为一种跨越时空的生命底色和艺术气质。无论生活如何折磨，年岁如何堆垒，他所创作的人物，总能通过自省和忏悔，蜕皮般剥去生命的老茧和灵魂的硬壳，还原一个阳光少年的青葱生命。抱朴是这样，淳于宝册是这样，甚至闪婆与蛹儿也是这样。张炜将所有人物置于经济与政治、贫穷与富有的碾压之下，观察和表现生命的扭曲与舒张、人性的妥协与硬撑、道德的崩塌与复苏。他没有企图用文学解脱人生的现实困厄，也不会奢望用艺术解开社会演进的逻辑死结，他只是一位生命的怜惜者、供奉者、守护者，他以信徒般质朴纯洁的歌哭，实现对苦难的超越和罪孽的超度。张炜以自己的方式，混淆了浪漫与现实、抒情与叙事、乐观与悲观、直白与深邃、谦逊与狂妄，他让惯常的艺术评判和作家类比，用在他身上都会顾此失彼，甚至指鹿为马……

　　作家之于历史，只有留不留得下，没有会不会被超越。有的时代，留不下自己的作家；有的时代，则要靠自己的作家才能留下。张炜与所处时代，应该是都可以在历史中留下来的。

2023 年 9 月 1 日

他一战民国却又得意于当今。每用
当下生活演绎民间风范。黄之或许
是唯一个以民间风尚和作派活在当
之且风骨水却的大艺术家。与他同时
代的那些大家，人虽跨入了当代，气质
与作派，却老在了民国，将自己人生、
活成了风格迥异的两个版本，包括他
的表叔沈从文。只有把忧患福，时运顺峰

《两三面——追思黄永玉先生》手稿

两三面

——追思黄永玉先生

黄老走了！走得爽快、利落，也走得突然、意外。分明就要跨过百岁之门了，可他偏偏止步在了门边。

意外归意外，这的确就是属于黄老的走法。这老头儿，一辈子无论做什么，但凡算件事，他都要做得出人意料，弄得满世界一惊一乍，何况辞世这么一件人生大事，当然更得把戏份做足。前不久，他还在为自己的"百岁画展"作"官宣"：百岁百画，全为新作，且比过去好！他要为这百岁华诞，献上一份体面的自寿之礼。相识与不相识、相关与不相关的人们，备好了心情和掌声，正要为他的下一个百年人生喝彩祝福，他却突然一转身，用一个永远少年的背影，以及不留存骨灰、不聚会追思的叮嘱，谢幕在所有人的惊诧、遗憾和不舍中，留下一路爽朗而诡谲的笑声……

我见黄老次数不少，但真正面对面坐下来，说事谈艺或聊天，其实只有两三回。

初次见黄老，是在他建好不久的夺翠楼。那时我还在湘西，听说他回了凤凰老家，便冒冒失失邀了朋友前去拜访。因为没预约，起初他明显不热情，但一听说我喜欢他的《无愁河的浪荡汉子》，立马让座看茶，一聊就是两三个小时。论年龄，他已的确是个老头儿，可那思维、才情、语速和神态，又分明是个少年。你弄不清他究竟是童心未泯，还是返老还童，反正他会用一团滚烫的青春气息，鼓荡得你心神飞扬。

我们从这部他刚刚开头的小说聊起，不一会便天南地北了。他聊得最绘声绘色的，是意大利、翡冷翠、洛伦佐和文艺复兴，还有美食、时装、足球、赛车、冲浪、歌剧和美女。那时我没出过国，更没到过意大利，所有的印象，全来自徐志摩、朱自清的诗与文。黄老聊天，爱讲小故事、小感受，很少作提炼归纳，听他激情澎湃讲了一上午，仍不明白欧洲之大，他何以独宠意大利。直到后来我去了那里，才明白这座人类的"欲望花园"，实在太契合黄老的性情与气质，若就艺术的绚烂和人生的灿烂而言，确实没有比翡冷翠更适合他居住的地方了。

与黄老再次见面，是在长沙的喜来登酒店。我宴请他，是为了商定《黄永玉全集》的编辑体例。当年湖南美术出版社出齐

《齐白石全集》，停下来不知道再出谁。我提出要将"全集"做成一个系列和品牌，把那些在世的大师做进来。于是《吴冠中全集》《黄永玉全集》便列入了出版计划。

黄老全集的编辑中，主要的分歧是文学创作进不进。主张不进的是李辉，他的理由是《无愁河的浪荡汉子》没写完，当然还有文学版权难以征集。主张一定要进的是我，我认为黄老的成就，美术与文学参半，究竟孰主孰次，目前难以判断。如果去掉文学，这套书只能叫《黄永玉美术全集》，不能叫《黄永玉全集》。黄老原本两可，听我说要改书名，便表态将文学创作收进去，编作美术卷和文学卷。

也就是那次见面，定下了精装版用小羊皮做封面。黄老说小羊皮他自己去意大利挑，要用就用最好的。后来印制的二百套精装书，用的就是黄老挑选的小羊皮。原以为每套十二万的定价会曲高和寡，没想到比平装书还销得快。

最后一次见黄老，是十年前。再过几天，就是黄老九十岁的生日了，我们将《黄永玉全集》赶了出来，作为一份寿礼奉上。

那天的新书发布会，设在北京饭店贵宾楼。地点是黄老定的，他似乎一直喜欢那里。下午，阳光灿烂而不燥热。黄老穿着橙黄色的衬衣，淡黄色的西装，配了一条银灰细花的领带，正式而不失活泼，颇见配搭的用心。我没想到他会穿西装，因为一般美术界的活动，无论多隆重，着装都随意。我特地挑了一条蓝牛仔裤配白 T 恤，免得西装革履格格不入。见黄老着装正式，我连忙向他道歉。他听了哈哈大笑，说衣服是穿给自己的，适合自己就好。人若不对路，穿同款也有违和感。

我们又聊起《无愁河的浪荡汉子》。我说那种慢镜头似的叙事，如同普鲁斯特，让你看得到时光流淌的样子。黄老说那你是真看进去了，我虽无意于模仿谁，但喜欢"时光流淌的样子"这句话。写生命，就是要写出时光流淌的样子，绘画做不到这一点，即使是画历史题材。这也是我坚持文学写作的原因。

首发式由我主持，这是我在出版集团任上唯一一次主持新书发布。其间有一场简短的对谈，我只谈了文学，美术则不敢班门弄斧，毕竟这是在谈论一位跨世纪的大艺术家，不是朋友间的相互捧场。我知道在四大名著中，黄老并不偏爱《红楼梦》，可我依旧说他的长篇，是当代最具"红楼"式雍容大气、淡定舒卷的小说，不管将来还得写多少卷，业已完成的部分堪称 20 世纪中国的宏大史诗。这样的判断，必定会招惹争议，但我既然如此认定，就不惧怕如此发布。

会后，黄老邀请我参加他的九十寿宴，可恰好我要出国，去的又是意大利，错过了一次目睹黄老风采的绝佳机会。

两三面的交往，够不上知人论世，也达不到知世论人，更何况，黄老本就是一个多面多彩的"庞然大物"，非寻常目光可以尽览和洞穿。我只是觉得，他是一个生命与才情澎湃的稀有物种、濒危物种，他这一走，或许这个物种便消失了。一个时代，无论是熔炉还是炼狱，总会锤炼出几颗"蒸不烂、煮不熟、捶不匾、炒不爆、响珰珰"的"铜豌豆"。黄老就在这一百年里，被颠扑折腾的时代炼成了一颗"铜豌豆"！他仗恃才华却又糟践才华，每每用才华戏弄时代；他入世很深却又出世很远，每每用出世姿态入世；他心怀善意却又出语刻薄，每每用刻薄言辞表达善意；他质本乡愿却又耽于时尚，每每用时尚审美张扬乡愿；他心仪于民国却又得意于当下，每每用当下的生活演绎民国的风范。黄老或许是唯一一个以民国风尚和做派活在当下，且风生水起的大艺术家。与他同时代的那些大家，人虽跨入了当代，气质与做派却丢在了民国，将自己的人生，活成了风格迥异的两个版本，包括他的表叔沈从文。只有他无论时运顺悖，都能我行我素，将每段岁月都活成自己的时代，将每块土地都踢成自己的主场。

　　我们对于黄老的伤逝，或许不只是对一个具体生命的哀婉与追忆，还是对一种时代风尚的怀念与祭悼，更是对一种人生梦想的祝福与守护……

2023 年 6 月 15 日

《仅存的骑士》手稿

仅存的骑士

入行做出版，没能赶上 20 世纪八九十年代的井喷期。跨过世纪头几年，喷发暂息。我入行，恰好就在那个清冷时点。

世上好些小行当，行外人看着不起眼，行内人看来却英才蔚起、风云际会。出版就是这样。初进集团那几年，我的日课之一，就是认数祖宗牌位。除了清末王先谦、叶德辉等湘籍出版家，更多的，是 20 世纪八九十年代，在业界攻城略地的"右派军团""四骑士"，等等。其时他们多已作古，健在的也已退休，一时风流云散、星辰寥落。关于他们的传说，却始终都在。但凡谈及湖湘出版的种种荣光，这些人依旧是话题中心。倘与外省同行聊天，你若讲不出三五则有关他们的掌故，必遭质疑和鄙弃。

这种同行间的闲聊，谈及最多的，是"四骑士"之首的锺叔河先生。

头几年，我和锺先生同住一个院子，后来我搬去近郊，先生仍旧住在院子里。先生所居的"念楼"，就在集团办公楼后面宿舍的二十层。照说可以时常不期而遇，其实相见一次很难。先生平素不散步、不串门、不聚餐、不送客，除了偶尔上医院查体或看病，几乎不下楼。如想见他，必得跑去念楼。

先生同城交往的圈子小，除了朱健、朱正几位同辈旧好，便是周实、王平几个忘年之友。先生不欢喜他人造访，假如事先未约妥，贸然跑去念楼，任你将那扇油漆斑驳的门敲烂，门里的保姆也不会把门打开。"天干无露水，老来无人情"，先生视这种往来应酬为浪费生命。或许正因世事通达，他才不愿纠缠在虚与委蛇的人情世故中。

头回见先生，是我刚接手集团的董事长，去做礼节性拜访。办公室联系了好几次，先生才给了见面时间。乘梯上到二十层，楼道里光线昏暗，很费劲才找到那块竹刻的小门牌，上面是先生手书的"念楼"二字。"念"字除了是"廿"的谐音，应该还寄寓了先生的情感或者事业上某种心心念念的东西。先生深藏于心，外人也不敢妄加猜度。

保姆将我让进念楼，领入客厅，说先生马上就出来。客厅显得有些窘迫，家什虽不多，但每样体量都大，若与房间的面积匹配，已属超大配置。虽叫客厅，看得出这里除了会客，还有更混杂的用途。可见，会客在先生的生活中，是件颇不受待见的事。东西两墙摆满书柜。柜里的书，开本、版本驳杂，且多为旧书，有的已破损，间或几本新的，都是先生自己或老友新版的著作。书柜顶上，挂着或摆着装裱过的友人手札、条幅，都是文化界声名显赫人物的手迹。媒体做报道，必谈先生与上辈、同辈文化名人的交往，大抵与记者在此所见的这些手迹有关。客厅的正中，摆着一张英式斯诺克球台，台面深绿的绒布已褪色，看上去像一片久无赛事的足球场。球台的木框有些磨损，可见球台并不是一种摆设。先生有经常比赛的球友吗？好像过去是夫人，夫人走后，先生就很少开杆了，偶尔打打，那也是先生自己与自己比。这是先生主要的体育运动，但我猜想，或许更是一种精神运动。一个人屏蔽身外的世界，只把自己当对手，倒是令人生出些绝世剑客的想象。靠窗，有一套皮质沙发，款型老，坐着也不舒服。先生不换，可能是刻意为之，他不希望客人舒舒服服坐在那里闲聊，浪费自己的光阴。

先生从里屋出来，一件白纱 T 恤，一条宽宽大大的蓝布短裤。魁伟挺拔的身体，几乎把门洞塞满。

未等我开口，先生便用地道的长沙话抢先开腔：不要来吵！咯热的天。虽是客套，却也是心里话，表明他对这种礼节性拜访的不在意。先生在沙发上坐下，问我要不要开空调。季节还在夏天的尾上，有些热，屋里只有一台老式风扇，躲在房角静静地左右摇头。我说不用。我知道上了年岁的人，天再热，也不可骤冷受凉。

那年先生七十六岁，看上去也就六十的样子。说话声音不高，但每个字都带胸腔共鸣，听着中气十足。似乎觉出了气氛的些许拘束，先生旋即转移了话题。我感觉，先生对某件事不屑或不悦，便会制造一点尴尬让你感知，然后话题一转，将谈话变得轻松融洽。去见先生前，有同事告诉我：先生贼精，见人人话，见鬼鬼话，全无老学究式的古板乖张。我倒觉得，先生的精明圆通中，依然心有所秉，"性有所任"，只是让人有感即止，不会把人做绝，把天聊死。

先生照例说到周作人，继之是林语堂、张中行、汪曾祺那一路作家。我知道，他是周作人作品的忠实拥趸，早年便与之通信。这也是先生挂在嘴上的谈资。先生的文字，倒未必受到了多大的影响，但文化的旨趣甚至处事的态度，却颇受熏染。后来先生主持编辑了周作人的多种文集，每一种，从编辑体例、入选篇目到前言后记，都见出对周作人的独到见解。我没有附和先生的观点，便说现代散文，周氏兄弟各自开启了一个源头，且各自高耸成峰，至今无人企及。对这两座高峰，各人可有偏好，但若就文学史的意义言，拿两兄弟的文章彼此否定，则显褊狭和短见，古典散文现代化，这两条路或许永远并行不悖。先生听完，并未赞同或反驳，眼睛却为之一亮，余下的谈话，明显少了先前的生分。

话匣一开，先生不是一般地健谈。他能将圣贤经典、稗官野史和民间掌故糅作一团，庙堂江湖、学界文坛的旧事新闻如数家珍。初听觉得信马由缰、随性散漫，回头一品，却句句都扣在话题上。尤其先生的记忆力和思想敏锐度，几胜青年。这一功夫，我只有在长先生几岁、自诩为"湘西老刁民"的黄永玉先生身上见到过。大概人活到相当年岁，文化做到相当功夫，都会具有某种生命的超越性。俗话说树老成精人老成怪，先生躲藏在念楼里，似乎已将自己修成一个精怪。

先生自称少时顽劣，读书随性杂滥，能在兄弟辈中胜出，全凭几分灵性。高中未毕业，便跑去《新湖南报》当了编辑和记者。"文字靠天，文章靠练"，记者天天要出稿，那期间先生的文章得到了严格训练。

1957年因言获罪，被划右派。那几年，先生的确对新闻乃至政体谈了些意见。严格地说，那不是什么思考严谨的政治洞见，只是书中读到的一些常识。先生觉得当时的许多做法，违背了新闻和政治的某些常识通则，需要修改矫正。以先生当时的学识和见识，还认识不到所有常识和通则，都只就某种社会制度和文化秩序而言，任何旨在破坏一种旧体制和旧文化的体系性革命，所有常识通则都将被击碎。

先生平反出狱，被胡真招至旗下，安排在湖南人民出版社当编辑。（胡真其时为出版局局长，对新时期湖南出版而言，这是一位总架构师和操盘手）。看看先生所提的选题对象：曾国藩、周作人、清末旅外作者群……在当时，这类选题都有些犯忌。先生的过人处，不在于有胆识提出这些选题，而在于有办法将这些选题做成。他不仅没有因此获咎，反而挣得了很多荣誉。有个恰好相反的例子：先生手上有一本《查泰莱夫人的情人》的旧书，他拿出来让好友朱正出版，朱因此受了严厉处分，多少有点责怪先生。先生听了一点不负疚，说朱受处分是因为操作不当，如果是他运作，不仅不会受处分，而且会赚很多钱。他说自己会把这部书作为内部参考资料出，先收钱再发购书票，最后凭书票领书。定价五十元一本，根本不需要卖得吆喝喧天，社会影响不大，经济效益不小。

1988年先生提前退休，原因是在社内一次公开竞聘中落选。当时先生已调至岳麓社任总编辑。因为社长和总编辑都是正职，工作上两个职务总有些磕磕碰碰。先生的落选，固然与选题取舍、社务管理有关，但根本的原因，应该还是先生职业眼界高，加上性情耿介，多少有些曲高和寡。可见先生的所谓精明，并未真正用到日常为人处世的细节上。以先生当时的地位和影响，他当然可以执拗地为落选讨说法，不退不让斗争到底，也可以让上面重新安排领导岗位，但先生选择了提前退休。其中自然有不与为伍的傲世心态，更重要的，还是先生人生抉择的大精明，即屏蔽社里的是是非非和社会上的纷纷扰扰，躲进念楼，一心一意搞自己的编辑和写作，以退为进，以舍为取。当先生完全退守念楼，反而成了一个高居云端、可望而不可即的出版传奇。

尤其到了晚年，锺先生以每日不辍的编辑和写作，开启了人生最笃实而华彩的时段。先生少时的顽劣秉性，悉数被熔铸到事业中。先生的"顽"，表现为对事业目标的执着坚守，三十余年如一日，领着社里的年轻人，编辑"走向世界丛书"，编辑周作人文集；先生的"劣"，表现为不从流俗，不循定评，将自己对中国文化史、中国近代史，以及对中国近现代对外交流史的思想率直表达，使他的那些叙论和散文，成为考据有独径、立论有独见、文字老树精灵、思想超拔飞扬的文化精品。先生的文章乃至人生，由顽劣而至于精怪。

这三十余年，先生虽"闭关"在念楼中，声名却日渐隆盛，影响却日渐深远。在当代中国出版界，先生应该是极少数走出了行业圈子的人。出版是名山事业，一辈子青灯黄卷地冷坐，也许能换来后世的些许声名，但也大多囿于读书界，如先生这般能走出文化人圈子，被当世奉为公众人物的，实在凤毛麟角。有一回汪涵见到我，请我帮忙找套书，竟是先生主编的"走向世界丛书"初编。社里没找到，最后逼着一位藏书家割了爱。汪涵得书，感激不已，说锺先生是他最崇拜的文化元老。丛书一百本出齐，汪涵策划将先生的故事做主题，在其节目中为丛书做了一次声势浩大的推广。汪涵主持的是娱乐节目，我担心锺先生在非知识界受众中缺少影响，汪涵却信心满满：先生已是跨界偶像，小朋友们十分崇拜这种文化活化石！节目的收视率果然高，证明了汪涵的眼光和判断。除了各类媒体的报道，出版界也接二连三推出了《众说锺叔河》《锺叔河书信集》等图书，助推先生成为一个具有时代标记的公共文化话题。

作为一代文化偶像，先生的影响，一方面来自其编辑和写作，另一方面来自他与前辈和同辈文化名人的交往。先生编辑的多种图书中，影响最大的是"走向世界丛书"。在改革开放大门欲启未启的那一刻，先生将鸦片战争之后半个世纪中国人走向世界的文字记录编辑整理，将那段悲痛时光中国人忍辱负重走向世界的坚韧毅力、坎坷心路展示出来，为当时的改革开放提供了一种丰沛原真的精神参照，同时也为中国近代史、外交史、教育史的研究，提供了新的思路与素材。这个工程浩繁的史料集成项目，耗费了先生半辈子的心血。尤其是亲自撰写的二十余篇叙论，凝聚了先生的思想、学问和才情，是中国当代既研究有据又立论高蹈，既忧国忧民又趁才纵情，既专注精深又天马行空的史论。先生素倡短文，所著的散文，亦多短小精悍，而这些叙论却洋洋洒洒，都是非尽意而不收笔的大块文章。与清际作者的文字一并，今古互鉴，堪称双绝。

在与前辈名流的交往中，先生是位有心之人。所谓有心，一是真诚讨教之心，二是终生铭记之心，三是名师高徒之心。先生与周作人、钱锺书夫妇等的交往过从，对先生的编辑与写作形成重大影响，同时也对其声名形成了重大影响。先生不断讲述这些故事，展示这些信札，让人明确感受到先生交集之高伦、取法之高蹈，所谓学问有源、师从有脉。公允地说，先生对世道人心见识通达，在如何运用人生资源上绝不迂腐。先生虽看不上编撰故事去做名人秀，但也不愿把真实的过从交往故作矜持遮遮掩掩。一个文化人，要想走出圈子，除了卓越的学术或艺术建树，重大事件在不在场，著名人物入没入眼是很重要的因素，也就是要有故事可讲，并能把故事讲得精彩动听。读读黄永玉先生写沈（从文）老，余秋雨先生写巴（金）老、黄（佐临）老的文章，我们便能理解锺先生的这种"有心"之举。当然，由此也可以见识锺先生古灵精怪的另一面。

"走向世界丛书"初编出版后，重大的社会影响与清冷的市场反应形成了反差，拟定出版的另外六十多本是否续出，出版社基于经济利益的考量有些犹豫。锺先生告诉我，另一家出版社愿出，问集团是否允许转让选题。事后有同事说，这是先生欲擒故纵，意在以此催逼丛书的出版。不管先生是否用心使计，我觉得这套书必须按策划如数完成。当即找来岳麓社社长，令其加快推进丛书编辑出版，并承诺拨付专项经费。集团每年挣十多亿利润，如果因为经费使丛书残缺不全，甚至被人抢走，我觉得不仅是自己的失职，也是湖南出版业的耻辱。有了"不差钱"的底气，先生领着曾德明、杨文辉等年轻编辑，于2017年将丛书一百本全部付梓，先生平生最大的一桩心事，终于如愿以偿。

我知道"走向世界丛书"，大约是在丛书刚刚立项的时候。锺先生有一个交谊甚笃的朋友，名叫朱健，当年是"七月诗派"成员，后来因胡风事件受到牵连，复出后在潇湘电影制片厂工作。我认识朱健先生在先，锺先生的好些故事，是从朱先生嘴里听来的。比如有一回在旧书店，锺先生看中了一本民国版《查泰莱夫人的情人》。但书已被人抢先得手，那人正在掏钱付款。先生灵机一动，说书是家中孩子偷出来的，专程跑来赎回。书店老板和付款人一听，觉得既是书主不舍，只好让先生把书"赎"了回去。丛书编辑的信息，也是从朱先生处得知的。但真正找来丛书阅读，却晚了好些年。

一年在青岛，偕友拜谒康有为先生故居，得知变法败后亡命，他曾经游历海外三十余国，我便心生好奇与向往，于是找了他的《欧洲十一国游记》来。康有为原本文章笔走龙蛇、势若江河，辩史鞭辟入里，状物栩栩如生，加上感时忧国的那一腔义愤，读来自然上瘾。之后我又将丛书初编中的大部分读了。由此我理解了锺先生编辑丛书的深意：中国如何走向未来，取决于中国如何走向世界！我领悟到，一个现代人，如不了解世界的来路与现状，便永远活在古时的夜郎国里。从此我将海外游历当作重要的人生课程，不仅带着身体，而且带着灵魂上路，先后游历了数十个国家和地区，并仿康有为，将所历所思记录下来，后来编辑成了一本散文集《满世界》。

因为我的游历和记游与丛书相关，出版社出版时提议请先生作篇序言。我拿了书稿去念楼，心中颇忐忑，不知先生是否看得上。先生若不入眼，虽不会直挺挺说文章不行，但一定会找一个得体的理由婉拒。先生爱惜羽毛，在圈里早有口碑。我战战兢兢说明来意，先生果然怅然一叹："唉！你早几个月来，这事都好办！给你写篇序也是应该的，但现在不行了，因为我已宣告年事已高，不再为人作序！"随后起身找来一本杂志，果然在他的一篇文章中，有"自此不再为人作序"的宣示。于情于理，我不能强求一位年近九十的老人食言，于是收回了请求。

大约过了半月，办公室主任小贺乐颠颠跑来，双手递过一张纸，其上有蝇头小楷所书的一段文字，竟是先生为《满世界》所写的"感题"。先生没破"不再为人作序"的规矩，却还是为我的新书站了台。这便是先生的精怪处。先生做事，大到政治操守、文化理想，小到待人接物，规矩是不肯破的，但是他总能想出一个办法，既不自毁规矩，又能把事做周圆了，让方方面面于情于理都过得去。

"感题"用毛笔正楷写就，且评价远超期待。先生说"比康圣人游十一国时的眼界要高，是现代人在观察现代世界，思考现代中国了";说"文字洗练干净,的确很好"。我满怀感激跑去念楼致谢,先生说:看过书稿,感受就是四个字——的确很好!如果不写几句话对不住,不是对不住人,而是对不住文章。文章千古事,得失寸心知,你这般年纪,能写出这样一手文章,真没想到!

又过了三四天,记得那天下大雪,先生再差人送来一张纸,是改过的"感题"。所改之处不多,且都是增删两三字,文气却更为顺畅了。其后先生又改了两次,也都是一两个字。一篇三百字的短文,先生竟前后改了四稿,这事令我感慨万端!先生对文字的讲究,确已入魔成癖!应该有一个月的时间,先生都在为这短短的三百字推敲琢磨。我知道先生睡眠不好,常常子夜醒来便不再入睡。想象先生有二三十个夜晚,躺在床上为这三百字思来想去,心中十分歉疚。

先生素倡短文,所辑国学选本,都是寥寥数语、字不过百十字短章。自己所撰散文,亦多一事一记,即起即收,文字如斧斫刀刻,绝无丁点拖泥带水。我读文章,凡遇好文字,必先吟诵数遍,然后动笔逐字修改。既是好文章,当然可以删削更改的地方不多,但偶有一处,于作文便是大收获。读文章不如改文章,改文章如同你自己写了一遍,且是用远高于自己水平的标准来写,其心得当然也高于平常的随性写作。我读锺先生的文章,亦时常试图动手删改,却每每不能遂愿。好些次,搜肠刮肚更动一个词，比较来比较去，到头还是改回先生的原样。以前只道是先生的文章浑然天成，"感题"之后才明白，除却过人天赋，先生的文字，是焐在心里慢慢磨出来的。这似乎与先生的趁才随性相左，然而世上的大师或大家，哪位又不是多晶面的矛盾体，哪位不折射出赤橙黄绿的多彩光辉？我揣摩，所谓的大家，大就大在能将彼此矛盾的人性因素和人格侧面，浑然天成聚为一体，他们无须执白弃黑、得一舍二，也不会捉襟见肘，真正是他们个性的尺度、人格的空间远大于寻常人。

年初，先生为湖南少年儿童出版社编了一本国学读本，题名《学其短》。所选篇目均为百十字短文。每篇所配点评，文字虽精短，却足见先生性情的特立与文字的老辣。插画由著名画家蔡皋先生精心创制，画文相配，可谓绝世双璧。但此书以儿童作为目标读者，定位却不精准，若要品出该书的精妙，须有相当年龄，因而我觉得是一本难得的青年国学读本。因为疫情，不敢造访念楼，便给先生写了一封书信，建议再版时，在定位上做些调整。我同时要求集团把这本书发给编辑，人手一册，作为文章和文字的研习范本。先生回信致谢，不是因为颁令发书，而是因为我对定位的建议和对该书价值的认同。

因为一再请求，两三个月前，省委同意我卸任在集团的所有职务。移交前的最后一项工作，便是去念楼看望先生，并落实先生文集的出版。先生听说我可以从经营管理事务中解脱了，由衷高兴。先生说：像你这样的董事长，尽管日后很难找，但再搞下去，对你个人损失太大，其实这也是文学界的损失。先生以己作喻，说自己真正有价值的人生，是退休后的这三十多年。

从第一次登念楼，至今差不多十五年了。我和先生，由同事变成了朋友、文友。作为一个晚辈，先生认可我，或许不是因为我和同事把集团做成了中国出版业的龙头，做进了世界出版的第一方阵，至少主要不是。先生更在意的，应该还是文章，尤其是文字。作为一位出生在湖湘的读书人，先生当然不会忽视我的商业成就，因为求其事功是湖湘读书人共同的追求。然而先生毕竟是读书人，以文章扬名立万，自然在兹念兹。据此推论，先生取名念楼时，无论还有什么具体寄寓，但其心心念念的，必定还是学问和文章。

先生依旧健谈，思维活跃一如往常；先生依旧健朗，身板挺拔一如往常。先生虽已年届九旬，然而气色与精神，的确不让花甲。我问先生是否常打斯诺克，先生说偶尔打打。他信奉人的健康主要靠精神运动。俗话说人活一口气，那是指精神要完足饱满。

临别，先生送我一本《编辑锺叔河》。书是香港出的，由著名电视人彭小莲策划和主撰。这位素具文化反叛精神的湘女，将自己生命的最后时光，交给了这本书，交给了锺先生。如果不是身患不治之症，她应该会用镜头来记录这位她所敬仰的文化前辈，后来只能用文字，应是有些遗憾的。通过这部"纸上纪录片"，她塑造了一位跨时代、跨世纪的文化骑士，她强调了个人与时代冲突中命运的自主性，个性与潮流冲突中选择的自主性，她将自己的文化情愫与姿态，较多地敷色给了先生，读来有点高大全的陌生感。彭小莲一直在用镜头和笔追记她童年经历的那个时代，而先生却已经从那个时代走出来了。她或许很难理解，一个左右逢源而又操守自持，一个万欲皆具而又无所不轻，一个意在有趣而又终有所用的文化精怪，比一位执剑荷戟的文化斗士，于当世于未来，应该更有意义和价值。

回首近世湖湘的文化大家，王船山、魏源、陶澍、曾国藩、王闿运等，虽都是义理与事功兼求、学问与世事皆通的人物，然锺先生与之相比，依然显得超迈与灵异。先生的学问与文章，说到底不是做出来，而是活出来的。先生的人生轨迹，几乎与他人截然颠倒：人家发蒙苦读，他却纵情玩耍；人家积极上进，他却消极右倾；人家委曲求全，他却自投囹圄；人家谋取权位，他却退守书斋；人家安享晚年，他却奋发编著……先生以其前半生，尝遍、悟透了人生的苦乐悲欣，仅用半辈子，走完了远比他人一生更加坎坷漫长的人生旅程。余下的半生，他便躲在念楼里编辑和著述，确乎避世很远，却又入世很深……

先生是不可模仿的。因其逆行的人生，他已成为一个时代的文化意外和例外。

　　先生起身送我，立在门边显得苍劲伟岸，仿佛一尊披甲执戟的青铜骑士。那身经百战的坚毅，云淡风轻的气概，让你觉得，世间没有什么可以将其打倒摧毁。萧乾先生当年所赞誉的出版骑士，四仅存一，而仅存的这位，似乎已成为一个活在岁月之外的文化传说。去年，先生脑溢血住院，出版界甚至文化界为之提心吊胆，毕竟先生已九十高龄。而我却坚信：先生有惊无险！果然几个月后，他又坐在特制的书桌前工作了，那专注而从容写作的样子，让你确信什么都不曾发生，所有关于先生生病躺倒的消息，仿佛都是江湖讹传。

　　　　　　　　　　　　　　　　　　2023 年 7 月 26 日

有人说，哪里人声鼎沸，锣鼓喧天，哪里昔必有泅溺，曲终人散，风凄冷月残，有人哼出一腔悲凉，哪听昔昔定岂坑代出。而我说，在长沙，哪里人声鼎沸，哪里昔定有人〇〇哼唱清歌来矣，曲终人散风凄冷月残，有人哼出一腔悲凉，哪鼓襄斗一吹〇箫人，昔定岂立续，只是哈咪散去，此鸣盈江畔

《何先生立伟》手稿

何先生立伟

　　说造型，怎么看怎么像个旧时先生的，是何立伟。小圆帽，大烟斗，熨帖而随适的休闲西装，除了三伏天，还有一根绕颈三匝的长围巾。这型款，既英伦风，又民国范。撇开早年一起穿开裆裤的小伙伴，但凡文艺圈中人，想到立伟，必是这副考究体面的先生样范。

　　当然不仅是形貌，立伟的小说写得空灵邈远、诗兴舒张，散文则圆通老到、言辞隐忍。其境界，既远山孤寺，又烟火市井，要说文字的意趣与况味，却也不输知堂、实秋一路的老先生。

　　我和立伟交往，不早不晚，不浅不深，断断续续三十多年。每回见面，他总给我一种隔世感，仿佛一夜回归了民国校园。长沙这城市，始终在乡愿与市井、守旧与趋时两极间跳荡，风尚变化，比大小姐变脸还快。立伟的造型，一经定格几十年不改，自然特立惹眼。走到哪里，同行人再多，人家总能一眼辨出，且脱口而出：伟哥来了！

也怪，论形象、学问、名头和辈分，立伟都该被人称先生，可只要与他相遇，圈内圈外，长者少年，开口便是伟哥！甚至好些作古正经的场合，依然伟哥前伟哥后，好像称先生，反倒折损了对他的那份恭敬。

这事后来我弄明白，立伟好热闹、爱朋友，只要性情投合，无论男女皆兄弟。聚在一起，烹茶煮酒扯栗壳，称呼伟哥显得亲近热乎。偶尔，也有新认识的叫何老师、何先生，立伟抬起头来翻翻眼，好一会才确认是在叫自己。再说，长沙的文艺圈，也颇有几分江湖气，如不哥啊姐的叫唤，便觉自己混来混去入不了圈，撑死了，算个围着圈子跑腿提鞋的。

我的第一篇作家论，写的就是立伟。说起来，我和立伟是师范学院的校友系友，但我入校他毕业，在校园里失之交臂。离校不久，立伟的小说便出了名获了奖，真正大红大紫。我写文章论说他，当然也是因为他的如日东升。文中讨论的，是立伟文体的寂寞。那时我重文本，好以文论人。读立伟的小说，便以为他就是那种搬一把小板凳，坐在古街老巷里，守着夕阳没入市井的寂寞青年。哪知道，那时他掏稿费买了辆锃亮的摩托，早早晚晚在大街小巷拉风飙行，一帮狐朋狗友，追在车后大呼小叫。

但凡读过立伟小说的人，大抵都会如我，想象他是个寂寞的人。可在众人眼里，他却爱热闹也擅长把场面搞热闹。以文论人的不靠谱，在立伟身上，我算得了一回教训。立伟艺术追求的孤高脱俗，与其做人交友的和光同尘，既说不上悖反冲突，也说不上顺理成章。但那时，我总想用一根逻辑的链子，拴起他人生的方方面面，自然捉襟见肘。人生原本非驴非马又亦驴亦马，更何况是才艺百变的立伟。理虽是这理，但真要认识到驴也立伟，马也立伟，非驴非马也立伟，还真得经些事儿阅些人物。

如今立伟已六十开外，日里夜里，照旧被朋友邀来请去，走到哪里都前呼后拥。别人年逾花甲，喜好会越玩越少，朋友愈处愈寡，立伟却恰恰相反。除了著小说、写散文的老手艺，晚近又画漫画、搞摄影，甚至插足艺展和文创，几乎所有热闹好玩的行当，他一样都没舍得落下。人家各守各的圈子，在自己那一亩三分地里种瓜得瓜，立伟却爱啥种啥，孩子做游戏一样，在各种艺术田土间随意摆弄。有时候瓜田种瓜，有时候瓜田种豆，到头得瓜还是得豆，他倒并不在乎，他得意的是，在每块地头都混出了一帮朋友。一年下来，立伟的收获五花八门：小说、散文、诗歌、漫画、摄影、展览……其中还有一样，便是所交的朋友。我觉得，交朋友是立伟最看重的一种艺术行为。

倘若约立伟，一般得排队。排归排，大体也不会落空。立伟心里明白，如果放了谁的鸽子，或许就过拂了一圈子的人。因为不管是谁出面邀请，只要立伟应了，便是整个圈子的喜事盛事，一传十，十传二十，呼啦啦就是一大帮人。起初约的一小桌饭，吃到后面，小桌换大桌，一桌变几桌，酒足饭饱准备散了，还有人气喘吁吁赶过来。平常圈内人比长较短，邀桌饭你去我不去。一听伟哥来了，便风驰电掣跑过来，生怕少了自己一张椅子。立伟原本是在不同圈子间串场，全无鸠占鹊巢、夺人山头的意思，聊着聊着，不知不觉便被推到了众星捧月的位置上。

此类聚会，我也曾参加过一两回。立伟照例是坐在正中的位置上，先抽烟，再品茶。抽烟先拿通条通斗柄，接着掏出烟丝填烟斗，填满轻轻压一压，然后点火吸上两三口。喝茶先揭起杯盖，放在鼻边闻一闻，再端杯子呡一口，让茶汤在舌面滑来滑去好一会，然后似叹似赞地说好茶！若在饭桌上，则是吆喝大家举杯喝酒。当然，他一杯酒端在手上，与人连连碰杯，酒自己却只是舔一舔，没几滴真正入喉下肚。

无论品茶喝酒，目的还在聊天扯栗壳。立伟聊天大多没有题目，见事说事，先从身边人事聊起，然后插入故事。抓住张三李四一两个有趣的细节，便能把人勾画得活灵活现。立伟讲故事，不似平常写小说，像是写散文，边叙述边评点，总之要抠出故事的笑点来，让人觉得有趣好玩。等到听众会心一笑，立伟才话锋一转，正式进入艺术探讨。那天去的是哪个艺术圈子，他便说哪个行当，话题每每从这圈子最新的作品切入，然后高屋建瓴剖析评价。立伟形式感好，对色彩、线条、构图和节奏极具审美悟性，且能将这种即兴的领悟，上升到某个审美的大原则，艺术的大思潮。话一到这个份儿上，立伟的言说便有板有眼、掷地有声。那派头那气场那权威，令你除了正襟危坐、目不转睛，小鸡啄米似的连连点头，不会有其他的生理反应。

　　很少人能像立伟那样，对多种艺术有爱好、有领悟，有真枪实弹的创作实践，并能在理论上触类旁通。听立伟谈艺术，就像看一个名厨做菜，看上去各种食材佐料信手搭配，一入口，便知其中的匠心与道行。如果身边是一群画家，立伟和你谈笔墨创新，所举的例证，却是博尔赫斯与卡夫卡；如果身边是一群摄影家，立伟和你谈起超现实记录，所举的例证却是梵高与葛利叶；如果身边是一群作家，立伟和你谈语言的时代感，所举的例证却是八大与金农……他能把这一切说得既丝丝入扣，又别开生面，让你听不出一丝一毫的牵强附会。这种时刻，面对他的小圆帽和大烟斗（偶尔会是雪茄或高档香烟），面对他敏锐灵异的审美感悟，面对他贯通各种艺术的颠覆性言说，你会情不自禁击节一呼：伟哥！

　　立伟在文联、作协戴了多顶帽子，尤其多年担任长沙市文联主席。这种身份，使他在艺术圈中的游走，带有了某种官方色彩。别人倒也看重，立伟却不以此唬人，他对自己的人设，始终是活成一个纯粹的艺术家，一个在圈子里古道热肠的江湖客。那年有人写了一部小说，揭露时下文坛的怪状，其中一些细节，不幸与生活中某些真人真事"巧合"，一时众作家义愤填膺，觉得作者坏了圈子的规矩，聚在一起商讨如何清除这匹害群之马。有人要告状诉诸法律，有人要出钱求助江湖，有人要串联聚集民意，只有立伟不声不响，径直跑到作者面前，啪啪甩了两个耳光，做了一个清脆爽快的了结。果然起诉、雇人、签名都没有什么结果，到头还是立伟那两耳光，顺顺当当平息了众怒。这事让立伟在圈子内外名声大振，因为小说中所写的那些糗事，其实并没多少立伟的影子，立伟出手，算是为他人两肋插刀。这事之后，朋友们再叫伟哥，便有了几分《上海滩》里叫强哥的味道。

每个圈子邀请立伟，大都不会以官方活动的名义，平日里谁想约他，便说发现了某个有趣的去处。只有这个理由，立伟大体不会推辞。他倒不在意那地方是否高档，只要风物清雅或者风味地道，他便视为有趣。长沙城里城外，凡有点模样的去处：酒肆茶舍、画廊书斋、佛寺道观，无论对外不对外，他都悉数到过。这些地方的主人，也以立伟到过为荣耀。若是新辟了场子，或者旧址做了翻修，只要立伟未光临，不管开门迎客多久，心里仍觉得不算正式开张。作为长沙的文化偶像和风雅达人，立伟的位置无人比肩，更无人替代。我很少见到一个文艺家，能像立伟那样将自己的艺术声名，既根植于如此宽泛的专业领域，又根植于如此深厚的民间土壤。

弃文从商的头几年，我极少出入文学圈，偶尔和立伟不期而遇，多是在画展或者音乐会上。作为《潇湘晨报》的创始人，我致力于媒体对城市文化的维新再造，常常举办画展、书展、影展、设计展，每值新年，必邀请欧洲著名交响乐团来长沙贺岁，并形成了"岁华纪丽"的音乐会品牌。立伟小圆帽、大烟斗来袭时，身边除了一帮朋友，必有一群帅哥靓女的文化记者，呼着喊着请伟哥说两句，似乎不管画家或者指挥家是谁，即使是黄永玉或祖宾·梅塔，只要立伟没开口叫声好，当晚的稿子就没法发出去。

在长沙，立伟喜欢的媒体是《晨报周刊》。刊物创刊时，他打电话给我，说有了你这份周刊，长沙才像个大城市！一个城市没有一本像样的周刊，譬如一个绅士没有一套体面的西装，一栋豪宅没有一个堂皇的客厅。一本城市周刊的主张，就是一个城市的主张；一本城市周刊的品位，就是一方文化的品位……立伟绕口令似的说了二十多分钟，我感到他欣喜和赞誉的热情，已让手机发热烫手。立伟时常领着周刊的一帮记者编辑，出入各个艺术圈子，和他们一起策划选题，差不多成了一个不挂名的主编。

后来，周刊又推出了一年一度的"风尚大典"，评选出湖南各个领域的风尚事件和人物，有一年，还为长沙市政府颁过奖。

颁奖典礼隆重而风雅，贾樟柯等出席颁奖，主持人则多由汪涵担纲。立伟几乎每届必到，到则必赞，说这是一项为城市风尚定义并制定标准的活动，让长沙成了中国真正的风尚之都。那些年，是晨报及其周刊主导长沙文化风尚的时代，也是长沙文化艺术非常风雅风光的时代。韩国人后来将长沙评选为"媒体艺术之都"，晨报与湖南卫视居功至伟，立伟所作的鼓呼和参与，亦功不可没。在城市文化建设和风尚引领上，立伟无疑是最具公益心和影响力的文艺家。

外地来长沙的作家、艺术家，无论办展还是作新书发布，如果请嘉宾，立伟是首选。除了拜码头敬土地的意思，更重要的是，立伟接得住话题，撑得起台面，随便哪种艺术，聊起来都能本色当行。每一年，这样的活动有数十场，场场立伟都乐此不疲。去年我和立伟同过两次台，一次是蔡皋先生的《一蔸雨水一蔸禾》首发，另一次是王蒙先生的《生死恋》分享。立伟总能抓住一两个文本细节，提炼出别致而高蹈的艺术见解。

不仅是文艺界有头有脸的人，即使那些寂寂无闻，依然在底层苦煎苦熬的作者、画人，立伟同样古道热肠。早年做裁缝的残雪，当装修小老板的何顿，都是拿了自己的小说手稿，战战兢兢地找到立伟，请他判断自己是不是块当作家的料。立伟读了，不仅大赞其好，而且立马推荐给熟悉的杂志发表，以此证明自己说的不是假话。这些年，经立伟推荐发表处女作的作家，应不下二三十人。两三个月前，立伟又策划了一场名为《黑屋之光》的画展，绘画者叫贺龙元，是一位年逾七旬、长期吃低保的下岗工人。老人从未上过美术班，也未拜人为师，因为见人在湖边写生，便对画画产生了兴趣，买了各种各样的画册回家，闷在一间光线昏暗的斗室天天临摹，几十年画稿堆了一屋。虽然生活拮据，老人却不愿卖画，甚至不肯以画示人。立伟偶然听说了老人的故事，专程跑去"黑屋"看画，为其作品震撼，惊呼极具大师相！立伟动念为其策展，并写了一篇很长的文章，推介其人其画。文章发到网上，立即引起关注，老人顷刻成了圈内圈外的热搜人物。看过立伟的文章，我也对老人的画萌生了兴趣。立伟得知，立马跑来陪我看展。受立伟的感染，我也当场掏钱买了两幅画，算是对老人艺术追求的一种支持。

长沙的文艺圈，绝对是因为立伟而热闹的，一个伟哥不在场的文坛艺苑，几乎没有人可以想象。然而我一直疑惑的是：白天黑夜，立伟泡在各门各行的圈子中，耗在这样那样的活动里，他自己的创作时间从哪里来？

他要写文章。至今他还在为《南方周末》写专栏，那些充满都市现场感的文字，既具庞德式的惶惑，又有明清笔记似的鬼魅，读来撩人而隽永。

他要画漫画。王蒙刚刚出版的新著《页页情书》，就是他画的漫画插图。去年，他还在俄罗斯喀山举办了个人画展，出版了漫画集《我想穿着故乡的拖鞋在全世界散步》。他的漫画偶见黄永玉式的犀利，更多是丰子恺式的温煦，过细一品，却又两者都不是。立伟寓传统文人意趣于市井机灵之中，寓古典人文幽默于现代反讽之中，形成了漫画与趣句相映相衬的何式风格。

他要搞摄影。所拍片子，虽是对身边图景的忠实摄取，然黑白光影的传统调性中，透露着现代都市生存的困窘、单调和寂寞，如同二十世纪中叶的法国电影，用极端写实的镜头，捕捉生活的魔幻感。立伟的摄影浸润着生活的无助和无聊，但却温和、随意，没有尖刻的批判和绝望的呐喊……

立伟的这些创作，应该是需要一个相对孤独、寂寞的精神空间的，可他似乎时刻都在热闹中！他真能在倾情的应酬和兴奋的言说中，隐藏和持守一份灵魂的孤寂吗？或许是。如此，那便不是一种切换、一种撕裂，而是一体两面、一体多面的同时拥有：他写空蒙灵动的小说，同时又写圆通老到的散文；他画幽默机灵的漫画，同时又拍纪实写真的片子；他倾情于文字、色彩、影像的文本创造，同时又醉心于以人为媒的行为艺术……立伟无疑属于当代艺术家中最富才情的那一类，几乎没有哪一种独立的艺术形式，装载得下他那一腔汹涌澎湃的才华。

这一点，立伟倒是像极了他素所敬爱的前辈张岱和李叔同。

张岱虽说在史学、戏剧、绘画、书法、诗歌、散文等众多领域精品冠代，然而真正让人津津乐道的，还是他生无所重却无所不重，学无所成却无所不成的奇迹人生。终其漫长一生，他自己才是自己最令人戚戚于心的旷世之作。李叔同虽在戏剧、音乐、绘画等众多领域为现代艺术开山奠基，然而真正让人引颈仰望的，还是他悲欣交集、苦乐皆轻的人生行状。世上多数的艺术家，是为创造某种艺术品而生的，只有极少数，则是为把自己创造成一件不朽的艺术品而生的。我们读到的张岱、李叔同和何立伟，大体都属于这种自我创造的艺术品。

有人说，哪里人声鼎沸、锣鼓喧天，哪里肯定有张岱；曲终人散，风冷月残，有人吹出一缕悲箫，那听客肯定是张岱。而我说，在长沙，哪里人声鼎沸、锣鼓喧天，哪里肯定有人吆喝：伟哥来了！曲终人散，风冷月残，有人吹出一缕悲箫，那寂寞中的吹箫人，肯定是立伟，只是吆喝散去，此时留下的听客，肯定也只有立伟。

或许，一种时刻要用热闹来填充，用喧嚣来打破，却始终挥之不去的寂寞，才是真的寂寞。而这种寂寞，便本质地属于文学、艺术或哲学了⋯⋯

2020 年 8 月 26 日

残雪

在我眼中，骏雪永远是一位即兴舞者，没有编排，没有预演，兴起即舞，又飞为～创造某个令人欣赏入舞姿，而兴为～这个起舞即舞的生命历程。不管她又是用肢体，而是向灵魂求舞娟。读她的小说，就是欣赏她的灵魂之舞，让她的小说和带动你们心才能情不自禁地张起玄舞。愛斯满派蔚名是泉其实。

《灵魂舞者》手稿

灵魂舞者

　　连续好几年，残雪都在这个竞猜榜上。今年，更是直接冲顶，赫然排在了榜首。好像除了格雷厄姆·格林和村上春树，霸榜的时间，残雪算是很长了。倘若今年折桂封神的，依旧是别人，不出意料，明年她应该还会在榜。

　　每年诺奖将开未开，这份榜单就会高调出炉。英国博彩公司列出一众热门作家，让人投注竞押。押中了，当然能发一笔小财，蹭一回获奖人的好运气；没押中，只当打了一场牙祭，或者买了几本书，花不了几锭银子。说透了，这就是一份赔率榜，和跑马场里常见的那种单子没多大区别。当然，更与评委会没一毛钱关系。不过推出这份榜单的博彩公司，他们有自己的文学顾问、信息渠道和概率算法，选谁上榜，并非乱点鸳鸯谱。如果每届颁出的获奖人，根本不在榜单上，时间一长，这游戏就没人陪着玩了。押榜和赌球，其实颇不一样。足球是圆的，往谁家球门里滚，只有上帝才知道，再加上黑哨的加持，你赌的纯是运气。而诺奖，评选宗旨摆在那里，评委也就那些人，偏好哪类作家作品，大体还是有迹可循，有例可考的。

真正文学圈里人，并不怎么在意这个榜，排归排，猜归猜，最终谁得奖，也不至于大悲大喜，除非是他自己意外得了或丢了。狂热躁动的，其实多是圈外人。虽说残雪名字有点陌生，但横竖是个中国人。不要说一不小心真得了，即使老是霸在榜上，也算"厉害了我的国"！这事就像一年刮一场台风，边缘风急雨骤、树折房摧，风眼里，却风平浪静。

每逢此时，便会有人问我：残雪胜算几何？弄不明白，这些平常与文学风马牛不相及的人，怎么会知道我和残雪有交往？莫不成，他们还为此做了一番功课？三两人问也便罢了，人再多，就有些不胜其烦，再说，我也不是大街上摆摊算命的瞎子。2019年那次，我干脆写了篇短文推到网上，表明我对此事的看法，免去一问一答的麻烦。文章的名字叫《读残雪的作品比猜她得奖有意思》，粗暴直白地将态度摆在标题上，不读文章都明白，果然不再有人私信问我。

写完文章，我打电话给残雪，说祝贺呀小华，你成世界名人了！平时我叫她，都叫本名邓小华。她没等我往下说，便抢过了话头：今年不可能啰！应该还要等几年。她丝毫不怀疑自己能得这个奖，也完全不掩饰对这个奖的看重。我习惯了她说话快人快语、直接明了的风格。你要看她的小说，迂回铺陈、摇曳多姿，但只要一开口说事，她便一劈两块柴，绝不模棱两可似是而非。好些时候，我怀疑她早年不是做裁缝，而是做木匠的。

比如，她评价一位作家，标准简单得让人惊落门牙：是现代派就好，非现代派就不好！如果过去是现代派，后来转了型，她便视为江郎才尽；再比如，说到作品畅销不畅销，她便信心满满地宣称自己的读者在未来，而别人都是在取悦甚至献媚当下读者……为此她确实得罪了不少作家，但她似乎满不在乎。你和她说起，她一双大眼睛看着你，让你辨不清她是真的浑然不知，还是根本就没把这事当事。有人听说我要写她，便郑重其事劝阻：别写！写了会得罪好多人！我心想，残雪究竟得罪了多少人啊，以至于写她，都成了一件谈虎色变的危险事！

第一次见残雪，是1987年夏天，我从济南回湘度暑假。那时河东我不熟，为寻她的住所，在五堆子还是六堆子那片老街区，绕来绕去跑了大半天。盛夏的阳光热辣狠毒，差点没把我烤成瘦肉条。好不容易找到的，是一栋红砖赤瓦、高门阔窗的苏式建筑。其中的住户多而杂，宽敞的走道里，堆满了蜂窝煤和乱七八糟的旧家私，进出得蹑手蹑脚，生怕震垮了那些贴墙码得高高的杂物。

我们的谈话，就在她家的客厅里。房间不大，但很高，高得整个房间看上去像个规整的正方体。窗子虽阔大，却被相邻的房子遮挡了，透不进多少光线来，白天也得开着灯。灯也吊得高，没灯罩，小小的灯泡吊在半空中，孤单得可怜。靠窗摆着一块裁衣用的大案板，旁边是一台缝纫机，有些老旧。我问现在还缝衣吗？她说那是我的饭碗，并一笑，很坦然，也很敞亮。可见那时她虽已发表过不少小说，受关注且惹争议，但并未当作职业，对于裁缝手艺的底气，远在写小说之上。何立伟说过，残雪给他们那帮长沙的青年作家每人做过一套西装，穿在身上招摇过市，很抖抻。

残雪穿了一件白底碎花的短袖衫，安静地靠墙坐着。她脸瘦，戴一副镜片很厚的近视镜，昏黄的灯光下，极有油画感。那是一种很奇妙的氛围：洋派的苏式建筑，土气的市井陈设，以及一个说不清与之冲突还是融洽的女主人，叠合成一种很诡异的场景。后来我去东欧，去布拉格，去卡夫卡和米兰·昆德拉住过的屋子，立马就会想到残雪的家。虽然远隔千山万水，他们竟神差鬼使地生活在一种相似的家庭气氛和场景里。

她的话很少，有问未必有答，答亦惜字如金。你感觉她的语言，不是已在小说中用光了，就是要留给未来写小说用。她似乎不是不善言辞，而是不爱言谈，对于文本之外的交流，始终没有多少兴趣。我很偏爱这种永远生活在文本中的作家气质。那算不上是一场顺畅的作家访谈，却是一场深刻的心灵交流。在那种场景和氛围中，我可以感受到作家的灵魂，时而安静地栖息在墙角，时而悄然无声地舞蹈在昏暗的灯光下。仅那一面，我便喜欢上了她那偏执而诡异的审美，喜欢上了她小说无限暗黑中依稀闪烁的那一抹亮光。

半年后，我发表了《面对一种新文体的困惑》，一篇洋洋洒洒的万字文。残雪的《黄泥街》和《山上的小屋》问世，就像一滴水掉进了滚油里，整个文坛都炸了锅，惊诧、欢呼、咒骂，噼里啪啦炸成一片。但静下心来细加辨析，争论的焦点，还是自己喜欢不喜欢，货真价实的文本分析和审美评价几乎没有。真正引人关注的，只有其兄邓晓芒的文章。晓芒是著名的哲学家，其时在西方哲学研究界已风头甚劲。他的文章，一是以其可靠身份透露了残雪的身世，及其对创作题材的影响；二是以其权威的名头，揭橥了残雪的哲学观，及其对艺术风格的影响。这两点，的确没人比他更有发言权。三十多年过去了，到今天，亦无人超越。但真正基于文本学分析、心理学分析的文体批评，应该是从我这篇文章开始的。

我在文中说：残雪小说"是一团透明的、蠕动的、有生命的灰色软体，以其无数甚至无穷的触角，撩动着人们或迟钝或麻木的感觉，通过感觉来刺激人的精神。一方面，她从不以纯生理的五官感受，而是以纯情绪化的精神体验感知对象；另一方面，她的感觉敏感区，始终固定在人的精神气质及心理关系上"。我又说："残雪小说是三种故事构架的复合：一个抽象化的世俗故事，一个戏剧化的心灵故事，一个整体化的象征故事，三者融为一体。"我还说："残雪小说绝非一味'溢恶'。如果我们坚持着始终没有被小说中的肮脏和恶臭窒息，那我们就可以感受到一派朦胧温暖的夏日阳光。这光亮和暖意，在小说中尽管只是一种背景、一种象征，但却是一种光源、一把标尺、一个参照。她的小说之所以能剥开人伦道德的楚楚衣冠，抖搂出几乎全部的人性弱点，或许正因为这一光源的烛照。"这些观点的确新异而尖锐，但我无意以此参与其道德评价的争论，我旨在通过文本和心理分析，确认其审美品格的独特性和审美价值的稀有性；企图通过这篇文章，将有关残雪的争论，由社会学意义上的群殴，导向美学意义上的独立探讨。

残雪读到文章，是否意外和兴奋，我并不知晓。我得知她的评价，是两三年后在一群作家的聚会上。她发现了我，走过来打招呼，说文章反反复复读，不知有多少遍了，好几次动念写信给你，却不知道怎么说。也不是"感谢"二字能表达的！再说作家与评论家的关系，也不应该是世俗意义上的感谢关系。要说真正想告诉你的是：我俩很像！我不知道这算谢意，还是褒奖，或许都不是，但我很感动，因为我们彼此看重。

有很长一段时间，我以为残雪是不关心理论的，甚至怀疑她会有些敌视，因为关于她的那些评论，无论肯定还是否定，很少显示其理性的力量和审美的才华，她有一千个理由蔑视这些文学评论。直到我读到她写西方作家的那些评论，才发现她不仅有敏锐、独特的审美感悟，而且有深邃的哲学思维。你很难说她的哲学属于东方还是西方，属于唯物还是唯识，属于古典还是现代，的确有些博杂、有些缠夹，但毫无疑问那是一种哲学的思考，在生命的意义上逻辑自洽。残雪是一个天才的文论家，她能给那些熟稔的经典一种全新的感悟和阐释。这些文字无所傍依，无所拘束，不知从何而来，不知向何而去，是一种纯粹的才华放任和审美历险。

离开文坛后，残雪是我依旧关注的作家，她的主要新作，我大体都找来读过。卸去了评论家的身份，这种阅读，便是一种自由纯粹的审美。读她的小说，我不会关注情节走向、人物个性以及推动故事发展的事理逻辑，因为这一切，在残雪的小说中都被抽去了传统功能，变成了一种纯粹隐喻和象征。她的小说，不是对某个虚构故事的叙述，而是对一个真实写作过程的记录。如同建筑师设计房子，多数人是为了实现其居住功能，而少数天才的建筑师，则只为了凝固自己的创意及其实现的过程。比如，高迪那些伟大的作品，都是对其创作过程的一种固化。残雪就是文学界的高迪，她的创作过程，就是一种精神化的行为艺术，用不着去关注创造的结果，因为行为艺术的成果就是创作过程本身。残雪的文字，记录的就是这种精神过程，舍此并无其他的承载。

在我眼中，残雪永远是一位即兴舞者，没有编排，没有预演，兴起即舞，不是为了创造某个令人激赏的舞姿，而是为了这个想舞即舞的生命过程。只是她不是用肢体，而是用灵魂来舞蹈。读她的小说，就是观看她的灵魂之舞，而且极易为其感染和带动，你可能情不自禁地跟随起舞。无论跟舞者是众是寡，残雪永远是一位心无旁骛、忘情忘我的领舞者。因而我读她的作品，时常会有一种身心激活、酣畅淋漓的参与感，一种疏离甚至屏蔽了现实世界后生命的放任和灵魂的放飞……

湖南文艺出版社很早签下了残雪的全部版权。在当时，这算得上一个有眼光、有魄力的决策。一家地方出版社，买断一位非畅销著名作家的版权（不仅是旧作，包括每年创作的新作品），放在全国都罕见。除了看得见的经济压力，还有潜在的意识形态风险。我知道这事，是在出任出版集团董事长后。社里出版了残雪长篇新作《黑暗地母的礼物》，邀请我与她做一场对话。虽是一场习见的新书推广，但我心中颇忐忑，毕竟，我已一二十年没从专业的视角读残雪了。我建议社里另找专家，比如近几年研究残雪很有影响的卓今，或者是从日本或欧洲找个学者，我知道残雪的书在海外颇受重视，拥有一批学术拥趸。如果他们对话，一定比我的影响大。社里说，人选是残雪自己定的。这倒出乎意料，难道这么多年了，她还记得当初的那篇文章？还相信我们是一类人？于是我将这部两卷本的小说读了两遍，一遍是不带任何专业眼光的轻松阅读，另一遍，则回归了文学批评的尺度。

对话选在了 2016 年夏天的包头，当年的全国书市在那里举办。残雪从门外走进来，身材依然单薄，脸颊依然瘦削，脸上的眼镜依然厚而大，似乎还是记忆中的那一副。头发依然茂密，只是由乌黑变成雪白，银光闪闪的，倒也精神。假如回归到那间摆放缝纫机的客厅，看上去还是一位心灵手巧的裁缝。最惹眼的变化，不是青丝变白发，而是爱笑了，那笑随和中隐匿着倔强，坦诚中闪露着灵异，让你觉得这瘦小的身躯里，蛰伏着一个强大的灵魂。我问她，这三十年都跑哪儿去了？她说一直在小说里啊！我说灵魂在小说里，肉身搁哪儿去了？她说因为风湿病，受不了湖南的潮湿，早早搬去了北京，住在长城脚下。不过现在北京也不适应，马上就要搬去云南了，说是找了个真正不潮湿的地方。我不知道，她除了躲气候的潮湿，是否还在躲别的，比如圈子、氛围什么的？当时在场人多，便没继续往下问。

残雪找了个靠墙的位置坐下来，那神情，如同当年坐在她家客厅靠墙的椅子上。她沉默了好一会儿，突然开口说：曙光，这个对话主题定得好！"暗黑与光亮"，这是一个高级的美学原则。所有的光亮，都来自暗黑！残雪就是残雪，三十年来，矢志不渝只做一件事，就是用铺天盖地的暗黑，涂抹出她灵魂的那一抹光亮。

能否把这场对话对好，碰撞出思想火花来，心里着实没有底。我读过好些残雪的对话，主要是其他嘉宾在说，她只是冷不丁地插上几句，不着天不着地，自说自话，弄得嘉宾不知怎么接。等到别人回过神来勉强接上去，她却又跑到了别处。事后你将她所说的话连缀起来，发现她的意思很明确，逻辑也很自洽，且时常会爆出金句来。说到底，她是在自己跟自己对话，别人说什么，很难契入她的思维。没想到我刚刚抛出"残雪小说本质上是一种灵魂的行为艺术"的判断，她马上表示赞同："我一贯将语言和绘画看作一个东西，这是我通过长期陶冶建立起来的世界观。和曙光的世界观类似。"接着她便说很多，从她对暗黑与光亮关系的把握，到她的生活哲学观。她完全用自己的概念来阐释其哲学。她滔滔不绝，我糊里糊涂，因为抛弃了传统的哲学话语，只能像读小说那样，调动生命的经验去体悟。我也感觉到，她的哲学就是从生命体验出发，而不是逻辑推衍出来的。她强调物质生活是一种生命的本体运动，因而物质生活与精神生活合二为一。她甚至将自己的哲学著作，命名为《物质的崛起》。

我知道，残雪从小就是一个哲学迷，青少年时代所读的哲学著作，一点不比文学名著少，大抵那个时代一个高级知识分子家庭所能拥有的哲学书，她都读过。尽管考上研究生之后，我恶补了一段西方哲学，但与残雪的童子功相比，差距不是十里八里。她虽后来成为职业作家，但成为一个开宗立派哲学家的梦想，似乎始终没有丢弃。在这场对话中，她谈论哲学比小说多，她认定文学发展的方向，是由与音乐、绘画等艺术融合，走向与哲学的融合，最终成为一种水乳交融的新文体。残雪近年的小说，其软体般象征化的故事里，确乎增添了一些理性的硬度；那些看似怪异阴冷的生活叙述中，隐匿了某种更为明确的哲学态度。她将这种渐暖渐亮的变化，归因为"理性之光"的烛照。

或许正是心中的这一束"理性之光"，支撑了残雪半个世纪的寂寞创作。我一直相信：残雪是一位可以将边沿站立成中央的作家。每个时代，都会有一两位这样的作家，他们始终站立在文坛边沿，以寂寞对抗喧嚣，以个性对抗流行，以坚守对抗遗忘，用一生的创作，最终聚焦了一个时代的光亮。他们永远都在那里，但他们将洼地站立成了高地，将外圈站立成了圆心。对于这类作家的纪年单位，是世纪而不是年代。残雪，应该属于这类可以用世纪纪年的文学家。

之后残雪果然搬去了云南，在西双版纳的某个山头上，继续其小说和哲学著作的写作。我不知道她如何切换两种思维和创作状态，或许她根本就无须切换，像庄子或尼采一样，哲学著作也可以当寓言甚至小说来写。起初我以为她已经写完并付梓了，让文艺社送一本过来，回答却说哲学书没签。问残雪，才知道她给了北京大学出版社，不过还没出版。其实，无论这部书是否如残雪所言，可以颠覆古今中外的哲学体系，都一定是一本值得期待的著作。你不知道她如何结构，如何论说，洋洋洒洒六十万字，她会向我们说些什么？将古今的哲学家来一次总批判？将中西哲学理论来一次总清算？怎么看，这都应该是其兄晓芒干的活！完全破空而来自说自话？这倒是她可能选择的风格，但这突破了我对哲学著作的认知甚至想象。

残雪似乎已经意识到哲学传统的羁縻，会无限加大其哲学思想接受和传播的难度，她甚至觉得，会被一些人视为异端邪说。但她认为我可能对她的哲学产生共鸣，并说我是她想到的第一个可以对话的人。她认为其兄晓芒也不能与之对话，因为她的哲学是一种实践哲学，得自于自己一辈子的实践，而晓芒的哲学，则更经院一些。我觉得，残雪的哲学，似乎是在另一方舞台上的灵魂舞蹈，她照旧旁若无人，照旧恣意任性，她并不在意观众懂与不懂，自己奔放舒展就好。

每隔一两个月，残雪会来个电话。几乎不谈小说和哲学，多是吐槽生活中的不快，比方出版事务中的一些小纠结、小麻烦。有一次，她要去美国领奖，希望出版社预支一部分稿费，编辑照章办事，没向社里申请，她便很生气。其实，作家向出版社预支稿酬，也算一个惯例。陀思妥耶夫斯基的大部分著作，都是把预支的稿费花完了，才开始沉下心来创作的。读中国现代作家的日记，也常常会看到先支稿酬再写稿子的记述。残雪碰了个不硬不软的钉子，便有些恼火，把话说得直杠杠的，弄得编辑也不开心。我便出面协调，免得搅乱她的创作心态。

自从听说我因新冠住院，她的电话和信息便勤了，十天半月，总会收到她的简短问候，有时简单得只有三个字：还好不？但你能感受到她的上心和真诚。其实，这三四十年，我俩见面不过五六次，论交往，说不上紧密深切，但精神上，彼此就是很近，多久不见面，甚至不联系，见了也不会生疏和别扭。

好几次，残雪跟人说：我和曙光是同一类人。我自然不敢拿这句话当真，尤其是她如今已将边沿站成了中央，成了诺奖候选的热门作家。但偶尔我也会想，如果真如残雪所说，我们颇有相像之处，那究竟像在哪里呢？

2023 年 7 月 31 日

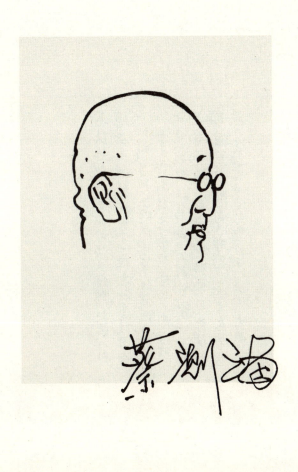

《蔡哥或者蔡文豪》手稿

蔡哥或者蔡文豪

一进展厅，我便看见了蔡测海。

观展人多，大厅里熙熙攘攘。蔡哥那鹤立鸡群的硕大背影，似乎并未随人流缓缓移动，而像一只信天翁，孤独自在地悬停在海面上。

看展出来，我没叫蔡哥，而是朝他后背不轻不重捶了一拳。蔡哥也没立马回头，他掏出打火机，点燃手里的烟，吸了一口，才扭头说：你写建平的文章，活了！别人写不出。随之递给我一支烟，点上，问起我写他的文章。我摇摇头说：难产！说起来不可思议，一篇文章，写了近一年，每到一半就揉了，怎么都收不了尾。在我，这是从未有过的事。我写文章素来手快，五六千字，通常也就一个晚上。

蔡哥说，也许是人太熟了。写文章就像谈情说爱，人熟了下不去手。说着诡异地一笑。他说你先前写的那些人，锺叔河呀，唐浩明呀，没一个人像我这么熟。你想想，我俩认识时，你才二十多岁。

想起第一次见蔡哥，是在边城吉首。一家朋友的简餐馆，街边上，新装修，满是松木的味道。店里空空落落的，只有我俩一桌，在靠窗的位置。好像是刚放暑假，或者是他刚从北大作家班毕业，我从济南，他从北京回了湘西。天已有些热，蔡哥却依旧是一套深蓝色的西装，领带打得很标准，是温莎结。那时节，会打这种结的人少，多数人还在把领带当红领巾系。我俩相向而坐，都靠着窗。傍晚的阳光从窗外流淌进来，琥珀色，很稠，流到哪里，都像镀了一层金。他的右侧浴在光里，金灿灿的。左侧却阴影着，看上去像一幅木刻。我想起在哪里见过一幅这样的木刻画，或许是一张黑白照片，久了，便有点像木刻。那是三十年代的沈从文，是半身像，金丝眼镜，长衫，浅浅的笑，羞赧里透着斯文。眼前的蔡哥，除了高大些，其他都像。我分辨不出，这是湘西文人天赋的气质，还是对心中偶像的刻意模仿。那时，蔡哥已和沈先生很熟，间或会去先生家里蹭饭，拿作品请教，或者只是聊天，用他们老家的湘西话。

之前，我俩相约过无数回，总是要见了，便失之交臂。或许是爽约太多，见了面，反倒不知该说些什么。他要了杯冲泡的咖啡，我点了杯古丈毛尖。他把皮包里的烟掏出来，中华，软包，然后点燃，旁若无人望着窗外。窗外是一脉远山，山脊线很和缓，山却是层层叠叠的。太阳正向远处的山里落下去，满天的火烧云。咖啡馆里的灯还没开，满屋子的昏暗，便开始将光亮往外挤。蔡哥手里的烟头，一明一灭，像是对昏暗的无声抗拒。蔡哥到底开了口，说有一本短篇小说集，要在中国台湾出了，你来帮我写序吧！我有些愕然，却没有推辞。后来我便写了，就是那篇叫《生命的告白》的文章。蔡哥先拿去《联合报》发了，后来又发了《民族文学研究》，最后用在了他的小说集里。

再见面，蔡哥便塞了一沓花花绿绿的美金给我，说是稿酬。随后便邀我去打麻将，说正好三缺一。

我知道，除了写小说，蔡哥的爱好是打麻将。何立伟、王平那帮文友兼麻友，时常笑话他牌臭瘾大，说他写小说顺手了，要找人摸几圈，理由是犒劳自己；写小说不顺手，也要找人摸几圈，理由是惩罚自己。他们实在笑得多了，蔡哥便搬了胡适来应对，说我们校长那样一代文化宗师，都是每天要摸几圈的！蔡哥谈文学，必说自己的沈二哥；谈麻将，则必谈自己的胡校长，北京大学这两位前辈，始终是他写作或娱乐的楷模。

平常打麻将，蔡哥也西装革履，连领带都打得周正。往桌上一坐，手里摸牌，嘴里谈的却是文学，大多是他所读的文学新书。蔡哥阅读量大，且不只是浏览，常常有自己的新奇见解。当时听了，你未必能领会，因为蔡哥谈文学，总是一派书面语，听上去有点绕，但过后一琢磨，还真是独到精妙。蔡哥常说，北大没教会他怎么写小说，但教会了他怎么读书。那天，他谈的是略萨。一个既不懂英文，也不懂西班牙文的人，却把《绿房子》的文本分析得头头是道，那架势，根本不是在麻将桌上，而是参加一个堂而皇之的国际文学研讨会。

牌局的结果，自然是蔡哥输，而且输得硬气，一盘一付，不拖不欠。先是从西装的内口袋掏美元，后来是从裤兜里掏港币，最后把皮包拉开，掏出一沓台币来。桌上的人都有点烦，觉得汇率算起来太麻烦，催他拿人民币来，或者找个人去银行兑换。蔡哥便说：你们这群土鳖，只晓得人民币人民币，难道美元港币不是钱哪？硬通货呢！当年法币、金圆券变成水，只有美元、英镑，硬得和黄金一样！懂啵？！一场牌打完，到底没见蔡哥掏出一张人民币来，扔在桌上的，都是五颜六色的外币。王平一面收钱，一面调笑他，说蔡哥这是在嘲弄我们呢！我们挣稿酬，只有人民币，人家挣的却是美元英镑呢！蔡哥也不反驳，照例诡异地笑一笑，抽着烟。

蔡哥长我好几岁，平素见了，我都叫蔡哥，立伟、王平那一伙，则有时叫蔡哥，有时叫他蔡文豪。

被叫蔡哥时，他会扬起脸来，摘下厚得像啤酒瓶底的近视眼镜，仿佛年少时使劲撸着的裤子，被人恶作剧一把扯到了胯下，结结巴巴半天憋出一句话：你莫日弄我！日弄是他老家湘西话，大抵是戏谑捉弄的意思。立伟说：你别听他讲莫日弄莫日弄，蔡哥一生做的，都是文豪梦。其实我知道，他们那批作家，谁又没有做过文豪梦呢？只是文学在蔡哥心中，一直神圣得不可侵犯，更不可替代。立伟会去作画搞摄影，少功会去编杂志，残雪会去写哲学著作，运宪会去下海做生意，只有蔡哥，对文学不离不弃。蔡哥偶尔也会跟我说，最近又在跑什么项目，做什么投资，甚至还在老家弄了近两千亩地，种了多少杜仲，值多少钱。但大体都是嘴上说说，他的心思和面子，始终都在文学上。你若说他项目不行，他只嘿嘿一笑，你若说他哪篇小说不行，他会涨红着脸回怼：你晓得个卵！那是他唯一的粗口。不到十分伤心动气的份上，他不会说这种粗痞话。

　　我一直认为，蔡哥是一位天分极高的作家，属老天爷赏饭吃的那一类。他在湘西老家时，当老师，当医生，当铁路民工，并没有多少文学的积累和训练。别的湘西作家起步，大多都因为沈从文，而他，到了北大作家班，才正经八百读了沈从文的作品。他写的第一篇散文《刻在记忆的石壁上》，就得了全国少数民族文学奖；写的第一篇小说《远处的伐木声》，就得了全国优秀中短篇小说奖。他的创作，如同火山喷发，虽然中间也有间隙，但一到喷发期，便声势动地、火焰冲天。比如二十世纪八九十年代，比如最近这三四年。

年逾六旬后，有一段时间蔡哥颇沉寂，偶尔在群里发一两篇短文，更多的是那种金句式的读书心得，睿智、精到、别开生面。但说到底，那只是老作家标明文学存在的一种方式，是一种心有不甘却无可奈何的文坛惜别。我正如是想，蔡哥便打脸似的，创作突然火山复活式地爆发，短篇中篇长篇小说，滚木礌石般砸过来，令你应接不暇躲闪不开。《芙蓉》杂志先是刊发了他的几个中短篇，接着推出了他的小说长篇《地方》，随即又出版了单行本。这种力度，无疑已属现象级作家作品的操作。

令我惊讶的是，无论篇幅长短，蔡哥的文字，没有丁点老态。这些小说意象充盈，生鲜灵动，圆通而无俗气，爽净而不干瘪，行云流水却不失顿挫，如歌如诗却不损沉实。真没想到，他竟在明清白话体和现代翻译体之间，杂糅出了一种真正属于自己的话语风格，一种兼备笔记体圆通老到和翻译体的诗意盎然，灵性十足弹性十足的顿挫短句。每一句都空灵，似无具体所指，句与句，亦无清晰的逻辑关联，叠加在一起，却又构成一个可意会而不可言说的意义场。你可以说那是关于生命的诗性体念，关于命运的哲学领悟，关于天地山川的时空对话……但似乎又不止于此。在简单的故事、寻常的人物之上，营造了一个巨大的语义场域。

这些小说中，语言是与故事相伴生的另一种现实，它们彼此独立而又相互渗透，构造了一个生命的时空交汇点——三川半。这是一个马孔多小镇式的文学场景，是一道山坳、一个村寨，更准确地说，就是一个在空间和时间双重意义上被定义的地方。蔡哥的小说，一直很强调空间感，最早是乡下人从山里走出去，后来是城里人从山外走进来，再后来是找到了一个地方，既出去又进来，既不出去也不进来，地方变成了山里与山外的复合体，虽然小得如一个点，却又大得如同宇宙洪荒。蔡哥的空间概念，从来都带有时间性，山里代表过去，山外代表未来，而三川半，则代表过去和未来的重叠和消失，是瞬间也是永恒。

终于，蔡哥写像了沈从文的诗化湘西，却又逃离了；写像了马尔克斯的魔幻现实，却也逃离了。在文本的意义上，他似乎真有了些文豪相。我很欣喜、很郑重地嘱咐《芙蓉》杂志，多做几场新书发布会和对谈，用力推一推。

过了几天，《芙蓉》主编陈新文回复我，蔡哥不愿做推广，社里安排了几场对话，悉数被拒绝了。我想，或许因为蔡哥耳背，担心对话接不上，彼此尴尬。新文说不是，因为蔡哥对他讲：作家写本书，譬如树木开朵花。开便开了，落便落了，哪里用得着满大街去吆喝？有人看到，那是看得见的缘分，没人看到，那是看不见的缘分，横竖都是缘。

蔡哥这番话，着实将我震慑了。虽然他从来都认为文学是件极专业的事，不愿意俯就非专业读者，但能把与读者失之交臂视作一种缘分，这境界，岂止令人刮目相看，简直让人须仰视才见。

有好一阵子，我怀疑蔡哥先前沉寂的那些年，不是躲在家里读书写小说，而是和李叔同一样，跑去庙里念经修行了。文坛这些年，但凡有了些声名的作家，都对弘一法师顶礼膜拜，甚至不时听说有人去了山里庙里，似乎艺术的终极归属，便是放下、解脱、皈依佛门。

没多久，大约是今年春节里，朋友圈刷屏了一则声明，署名是蔡哥，矛头直指《芙蓉》杂志，说是要与之绝交云云。因为我还任着该刊编委会主任，朋友们纷纷转过来：

> 今年虎年，人生虎气。第一件事便是拉黑《芙蓉》，从此不与该杂志有文字往来。写了几十年，不差几个字。

果然是老虎发威的架势，措辞斩截，没半点拖泥带水。蔡哥说声明要连发三次，便真的发了三次。看得出，他是执意要把这件事，弄得文学圈尽人皆知。朋友以为，是我什么事得罪了蔡哥，和他闹了大纠纷。起初我也怀疑，是不是自己无意之中冒犯了他。"不差几个字"，究竟指的是什么？难道是杂志退了他的稿子？即使是，名作家被刊物退稿也是常事，何至于如此大动干戈？三十多年的朋友，就这样说翻脸就翻脸，说绝交就绝交？我真觉得，蔡哥是长了些文豪脾气！当然，事已至此，也便由了他去。后来碰到新文，一问，原来他新近写了一篇文章，是《芙蓉》去年的年度综述，其中只字未提蔡哥，原因是这一年里，蔡哥没在《芙蓉》发作品。

万众吃瓜的一桩文坛公案，到头竟是一个乌龙球！我本想打个电话给蔡哥，又怕他心气高脸皮薄，弄得尴尬下不了台。我猜想，他虽不在意普通读者的多寡，但文学圈、专业人士的看法，却看得很重。新文是杂志主编，又是老资格诗人，在他手上发了那么多小说，竟只字不提，怎么说都是打脸。而恰恰是这张脸，蔡哥看得重若性命。

后来蔡哥有微信来，说是新的中短篇小说集，还是交给新文他们出。虽未提及声明的事，这姿态，大概就算和解了。蔡哥就这样，他不会认错打自己的脸，他会让一切看上去云淡风轻，似乎早前的电闪雷鸣、暴风骤雨，压根就不曾有过。他还说，要请少功、立伟和我写点文字，用到新书里面去。末了更是毕恭毕敬地说：先谢过了！这礼数，任你有多少理由，客套或推托都开不了口。

稍前立伟已有一篇写蔡哥的文字，正好作了序言；少功亦雷厉风行，一挥而就交了稿，印在封底作了推荐语；只有我琢磨来琢磨去，错过了写几行字便可交差的时机。思来想去，决定还是正正经经写篇文章，就像三十年前写他那样，也算是送佛送到西天。

　　我告诉蔡哥这一想法，并相约动笔前见上一面，聊聊他近几年的创作。毕竟，大约有十多年，我俩没在一起聊文学了。蔡哥自然是高兴，说现在天气太热，等凉爽一点了，兄弟俩一起，好好喝餐酒，边喝边聊搞半天。谁也没想到，今年的夏天会热得如此劲爆和执拗。我给蔡哥打电话时，季节刚入夏，天气也才转晴，接下来气温便一路飙升，直挺挺不肯回头。待到酷热沉降，已经时过中秋了。

　　我们相约在他家附近的一家咖啡馆，靠湘江，坐在落地窗边，透过绿化带，可以隐隐约约看见江水和月亮岛。他照例一坐下，便掏出香烟放在桌上，依旧是中华，软包。他依旧叫了杯咖啡，我依旧点了杯茶。我们依旧没有多少话说，各自望着窗外，看江，看岛，看岳麓山。他带了一本书给我，是胡适的一册影集。封面上的胡适，着棉袄，双手抱在前胸，笑容坦诚慈祥。那日，蔡哥也穿了一件灰色的薄棉衣，宽舒随意，看上去竟有几分像封面上的胡适，只是魁梧高大了些。窗外，天阴沉着，有薄薄的雾霾。室内的光线，亦柔和暗淡，不似那年在吉首，有那么明暗的光影对比。蔡哥没说为何送我这本书，我也弄不清，是因为书名所引的那句古诗，还是他近来以胡适自喻自况？诗是顾炎武的，"远路不须愁日暮"，五十寿辰时，胡适曾手书以自勉。或许，蔡哥是想以这句话来激励我吧？毕竟，我也是年届六十的人了。蔡哥一直没谈自己的作品，却谈了哈耶克、阿伦特，还有维根斯坦。语言于他，似乎是一道魔咒，他纠缠其间出不来。有时他仿佛向我发问，有时又像是自言自语。听上去很哲学又很生命，是那种完全不像聊天的书面语……

画展还有一个研讨会，蔡哥和我，都是被邀的嘉宾。这种艺术研讨，除了礼数上的恭维，基本上自说自话、鸡同鸭讲。蔡哥坐在那里，如一个打坐的和尚。别人说什么，他耳背听不清，而他发言时，又如同念经，绝大多数人也听不懂。他写了一篇四千多字的文章，题目是《作为人种艺术——邹建平的艺术作为》。他择要讲述其中的内容，我却很震撼，他关于艺术语言与人种生命体念的关系，几乎就是他小说创作的夫子自道。"侍艺术，如侍严父慈母；侍肉身，如侍舟楫，身体力行，过静水深流，浮于沧海，得禅悟，大漠复活，传世圣言，万物有声，有形，有生命气息，有鬼神歌哭，造物方成。"

完全不像在会场、在展厅、在车水马龙楼宇林立的都市，而是在河畔、在山巅、在高天厚土之间、在他称之为"地方"的地方，他独自坐在那里念经，念自己的心经、艺经、万无万有之经。亲临过这种天地法会，聆听过这种身心经诵，再读《地方》，再看蔡哥，还真不知道，究竟该叫他蔡哥，还是蔡文豪？蔡哥这人，一如他的小说，确实很难归类定义。不归类，他似乎左右逢源，说谁是谁；一归类，反倒左右不靠，孤零零就是他自己。

　　说到底，是蔡哥也好，是蔡文豪也罢，能始终如一做自己，便好！甚好！

2022 年 12 月 8 日

唐浩明

《先生样子》手稿

先生样子

　　浩明先生是我同事、朋友，更是师长。先生为人谦逊，每回谈及后一层关系，必摇头否认，生怕背了好为人师的坏声名。

　　其实，我尊先生为师，非因先生长我一些年岁，按习俗当执后学之礼。与先生交往近三十年，依文学关系，先生是作家，我是评论家，后来先生是老作家，我是新作家；依工作关系，先生是一线编辑，我是总部管理者，后来先生是董事，我是董事长。在这复杂纠缠的关系里，我和先生私情与公谊交织。先生既在文学上给予过我切要的点拨，又在工作上给予过适时的襄助，尤其先生的道德文章，对我是一种贴身的人生示范。长沙人评价一个人，好说有样范没样范，先生在我心中，是有大样范的人。

　　那年儿子结婚，我同妻子商量请谁证婚，竟不约而同想到了浩明先生。我的友朋中，达官显贵、巨贾富商、文艺大咖不乏其人，但作为证婚人，似乎没有谁比浩明先生更合适。婚礼既成，好些亲友都说：婚礼的亮点是证婚人！这当然不只是说浩明先生的证婚词中正大雅、殷切坦诚，更重要的，还是指先生这个人的恰当和得体，指他儒雅的气质与雍容的气度。这事大体能说明浩明先生在我、家人及朋友心中的地位，也能表明先生在公众眼中的形象：修身谨行，勤勉博学，谦逊宽厚，世事洞明。

首次知晓先生的名字，是因为他刚刚出版的历史小说《曾国藩》。那时我研究生毕业不久，由鲁返湘在大学教书。研究生期间，我师从田仲济、宋遂良先生，治 20 世纪中国文学，已经发过少功、残雪、立伟、鑫森等湘籍作家的评论，自然对湖南文坛格外关注。突然冒出一个写历史小说的新人，且一蹿而红，作品与声名不胫而走，必定会引起我特别的兴趣。

当时湖南写历史小说的，只有任光椿先生，他的《戊戌喋血记》，也曾轰动一时。与谭嗣同的锐意变法、舍身警世相比，曾国藩是一位道术兼求、家国并治的千古名臣。后世的湖湘学子，既敬仰谭嗣同舍生取义的侠肝义胆，也崇拜曾国藩老沉谋国的人生智慧，对于后者剿灭"长毛"的政治污点，倒也能区分看待。人们钦佩的，是他道义与事功兼求，最终"三立"并举的人生模式。圣人提出的这一人生理想，二三千年能践行者未见几人，到了封建末世，却被一个乡下读书人做到了，自然令人心生敬意。更何况湖南本土，此前并不怎么出人，而此公一出，近代湖湘若滔滔江水人才辈出，缔造了"中兴将相，什九湖湘""几代湖湘读书人，半部中国近代史"的独特历史奇观。对于这位近世湖南人才的带头大哥，后辈学子既怀乡土自豪感，也秉人生仿效之心。因而小说一出炉，自然各界争抢，洛阳纸贵。

作为一位专业读者，我所关注的，自然不是小说单一的历史价值，更不会将人物修身读书、从政带兵、教子治家的人生行状，仅仅当作一部人生指南来读。然而我发现，与姚雪垠先生写李自成，二月河先生写雍正相比，浩明先生在塑造曾国藩形象时，既逼真还原了人物的生平事迹，维护其历史原真性，又倾注了个人的人生理想，甚至将小说的创作过程，变成了自己人生修炼的过程。作家在写作过程中，与人物发生"共情"现象的不少，但十分自觉将艺术创作当作一种人生修行，让自己和人物一同成长的却极少见。似乎只有阅读老托尔斯泰的作品时，我有过这种感受。西方好些学者，颇多指责托翁小说太重教化，其实托翁首先教化的是他自己，小说中人物的种种忏悔和赎罪，都是作家自己的精神冶炼和人格再造。浩明先生的这种写作追求，实际上在情节叙述中，完成了一种人格示范，强化了小说作为一部人生启示录的教化意义。

那时我年方而立，浩明先生所塑造的曾国藩形象，以及浩明先生作为一个修炼者的叙事人形象，对我日后的修德治学、为文经商，产生了深刻持久的影响。浩明先生这种将艺术创作与人生修炼合二为一的写作特点，似乎一直为评论界所忽视，在汗牛充栋有关先生的研究中，几乎无人谈及。而恰恰这一点，是浩明先生对我文学写作最切要的艺术辅导。

曾国藩作为一个对后世，特别是后世湖湘学子影响巨大的人生典范和文化符号，其人生意义上的功德圆满与人性意义上的罪孽深重；帝国命运上的力挽狂澜与历史趋势上的倒行逆施，为浩明先生的创作，布下了政治立场和价值观念的种种陷阱。在小说中，我既看到浩明先生坦然直面的果敢勇毅，又看到了他曲折迂回的精明老到。倘若换了另一位作家，这部以曾国藩为主人公的小说，未必能突破历史争议的困局付梓，即使侥幸刊行，亦未必能获得这个价值观多元化社会读者的普遍认同。浩明先生通过将政治冲突升华为伦理冲突，将历史悲剧内化为心理悲剧，使小说不仅成功超越了这些阴森恐怖的陷阱，而且获得了一种古雅雍容的审美质感。这是浩明先生最令我钦佩的一种文化底气和艺术功力。

我进入浩明先生的视野，已经到了1995年。那年先生的《旷代逸才》在《芙蓉》连载，杂志社约我写年度综述。我用较多篇幅探讨了这部小说。相对《曾国藩》的大红大紫，《旷代逸才》的反响显得平静而悠长。如果说，选择书写曾国藩，显示了浩明先生的史家胆识，选择书写杨度，则更显示了他的艺术家眼光。杨度确乎是一个比曾国藩更文学化的人物。我说在杨度身上，"聚焦了中国近代文化人全部的喜剧和悲剧因素，聚焦了从旧文化走出来的新一代知识分子人格追求上的全部可爱和时代局限上的全部可悲"。在浩明先生笔下，这位患有文化过敏症和政治多动症的人物，意识到自己过客的宿命，却又决绝地反抗其过客的命运，于是将历史的合理敷衍为人生的荒悖，将精神的可敬践行成行为的可笑，先生将可喜与可悲水乳交融为一体，深刻而独到地揭橥了那个时代欣悲交集的文化本质。我认定《旷代逸才》是浩明先生作为一个文学家成熟的标志。这个判断，批评界未必认同，尤其是那些在非文学意义上喜爱《曾国藩》的读者，大抵会嗤之以鼻，但浩明先生似乎接受了这一观点。

大约一年后，我和浩明先生在宣传部门召开的一次会议上终于见面。我自报家门，先生似乎有几分惊诧："这么年轻啊！看文章以为你年纪和我差不多。"然后说到那篇综述，说我是第一个激赏《旷代逸才》文学性的人。说完这几句话，先生便挑了一个角落，石雕般地坐在那里，仿佛又回到了他数十年沉溺的清末时光。

先生从事文学创作三四十年，始终保持着当文史编辑的工作状态，极少与作家、评论家过从，黄卷青灯，似乎是他最惬意的生活方式。即使后来被选为省作协主席，除了必须到会的场合，先生依旧很少去作协，与文学界保持着十分谨慎的距离。他的工作关系，一直留在岳麓出版社，从不在作协领取薪资和补贴。兴许是文人相轻的缘故，省作协过去有一段时间，是个不算太平的地方，往往一届主席当下来，可能被纠缠折腾得五劳七伤。说到底，并没什么摆得上台面的大是非，无非是涉名及利的一堆鸡毛蒜皮。先生不与人争名头，又在经济利益上撇得清白，因而他这个主席既当得清清爽爽，又当得轻轻松松。先生这种"瓜田不纳履，李下不整冠"的自律人格和为官智慧，让我对职业生涯有了更高的人格追求。

此后一段时间，我与先生依旧碰面很少。其时我已弃文从商，先做酒店管理，后举旗帜创办《潇湘晨报》，每天专注于拼命挣钱养活上千员工。我关注到先生后来又写了《张之洞》，编辑湖湘名人的文集，评点曾国藩家书和奏折，继续他文史编辑、作家与历史文化学者三位一体的人生构建。先生常常被人请去演讲，内容不是关于曾国藩，便是湘学与湘军。作为一位知名的文化思想家，先生已经肩负起湖湘文化传播的当代使命。但凡聆听过先生讲座的人，不但为其深厚笃实的学养，世事洞明的见识，雄辩滔滔的口才所折服，更为其儒雅淳厚的气质，雍容通达的襟怀，谦逊坦诚的态度所感染。我感觉先生已树立一个目标，即努力将自己活成一个湖湘文化的当代人生标本。

2007 年，我接任湖南出版集团的董事长，并启动集团改制上市。先生被延聘为中南传媒的董事。先生不是作为一个文化偶像，而是作为一位对战略富有洞见、对管理充满智慧的高管，参与到公司的改制和经营中。每当企业面对改革发展进退维谷、左右为难的处境时，先生总是对我的决策坚定支持，并给出一些具有操作性的建议。2009年底，中南传媒因经营未满三年，上市遭遇了政策障碍。解决的办法只有一条，就是向国务院申请"三年豁免"，而这在当时地方企业鲜有先例。投行和工作团队建议，延迟两年申请上市，我却坚持克服一切困难当年申报，争取国务院豁免。在这双方意见僵持的时刻，浩明先生讲述了曾国藩攻打南京的故事。先生认为战略决战，重要的是把握战机，决胜的是一身胆气。如果放弃当下拼命一搏的机会，再等两年，那时的资本市场是什么格局，又有什么新的政策，谁都说不清。后来公司果然破例争取到了国务院的豁免，如期在上海敲锣上市。每值这种艰难决策时刻，我感觉先生五车之富的学问，早已融会贯通，具备了世事洞明的人生实践价值。

因为浩明先生的影响，我开始研读湘学诸位大家的著作，不仅是曾国藩，还有周敦颐、王船山、胡林翼、彭玉麟、左宗棠、陶澍等，慢慢我对湖湘文化道术一体、内圣外王的思想体系、忧乐兼求的人生态度，有了自己的认识，并在治学经商、为人做事中努力践行。尽管我的这些认知，未必与浩明先生的思想完全吻合，但先生始终鼓励我深学笃行。作为20世纪研究曾国藩，乃至整个湖湘文化起步较早、影响最大的学者，先生的思想必定成为学术论争的首选目标。三十多年来，先生学术上受到的质疑，甚至批评不绝于耳，他总能一一包容。先生论理而不执气，因而也从未在学术上结仇树敌。外省一位朋友，从家族史角度研究湖湘文化，完成了五六十万字的皇皇大著，以此求教先生。先生显然对其中一些观点并不苟同，但先生着眼于朋友的治学热情，而不苛求其具体学术观点，真诚鼓励朋友坚持下去，并为其新书具名推荐。

三联书店出版我的文学评论与对话集，我请浩明先生作序。这当然存了假先生之名、扯虎皮做大旗的私心，但更重要的，还是出于对先生的敬仰。先生二话未说慨然应允，并很快作好了序文。以先生的眼光，当然能轻而易举判断出这本集子的水平，并对其作出恰当的评价。先生的奖掖之心，不在对文集的一味褒扬，而在于序文中的每一句话，都充溢着暖心的关切与诚意。

先生卸任省作协主席时，已年届古稀。集团破例留任先生，并为其在岳麓社配备了工作团队。与锺叔河先生一样，浩明先生已经成为集团的职业偶像和文化财富。其实一直以来，总有别的出版机构许愿挖角，先生从未为其所动。先生在岳麓社入行、成名并一直在此工作，他觉得继续留在社里，是天经地义的事情。先生将自己此时的何去何从，视为一种关乎名节的大是非。

2018 年，我的散文集《日子疯长》完成出版。按照时下的操作惯例，发行人希望请几位著名作家推荐背书。我离开文坛二十年，在文学界已是实实在在的陌生面孔，发行人希望找人站站台，也在情理之中。于是我找了秋雨、少功、残雪、洪晃、汪涵等六位朋友，当然还有浩明先生。我将书稿送给先生，一周后先生不仅写好了推荐语，而且另外发来一条长达数百字的短信，对我的创作予以热忱肯定。先生从故事选择、人物刻画、叙事节奏、文字表达等方面进行了具体细致的文本分析，尤其是对文字用了"洗练老辣且极富个人特色，而这一特色向为文坛所稀缺"的评价。先生说这部散文，实际上已构成一部长篇小说的架构，鼓励我由此进入小说创作，预言我独特的人生经历，已经具备的写作才能和审美品格，一定能写出不同凡俗的作品。虽然此后类似鼓励，我还从其他作家那里听到，包括在作为时代文学偶像的王蒙、白先勇先生的文章里。但浩明先生，是极早进行具体文本分析的人，这对坚定我文学写作的信心，具有一锤定音的意义。先生似乎担心我将他的评价视为一般的客套，特别声明他说的每个字都是心里话。其实，从先生的文字中，我已读出了他不加掩饰的惊诧和坦诚真切的欣喜。

一年后，我的散文新作《满世界》付梓。我送新书给先生，先生发现新书从题材到文风与前一本迥然不同，这显然超出了他的预料。先生既对我把握不同题材的能力给予赞许，也委婉提醒我，要尽快建立自己艺术风格的辨识度。

一晃之间，《曾国藩》出版三十年了。这其实也是我和先生从神交到交往的三十年，是先生作为师长对我人生深刻影响的三十年。湖南文艺出版社以纪念版之名，拟重新出版先生的"晚清三部曲"。社里与先生商量，希望由我来作序。我深知自己的才学与名望均不足当此重任，婉拒无效，便拖了大半年，企图以此改变先生的决定。无奈社里一再催逼，眼见再拖便会误了三十年纪念的出版时机，只好赶鸭子上架。也只有到了这个时候，我才静下心来，全面审视这个我奉为师长的人。除了重读三部曲、随笔，又把先生的评点及有关湖湘文化的文章与演讲找来一一研读。

阅读过程中，我意外发现，先生很少提及自己的家世。由此回想这些年与先生的交往，也是从未听他谈论自己那个华丽的家族及其后来发生的变故。当代作家中不少人，不是炫耀自己出身门第的高贵，便是炫耀自己人生经历的苦难，浩明先生两者兼具，却很少见他提及。这当然不是先生意识不到人生经历对自己创作的影响，而是先生更愿意读者关注作品本身，不给作品添加一些额外的装饰。

先生的生父唐振楚，曾任蒋介石的机要秘书，先生就出生在这样一个前国民党政府要员的家庭。1949 年，唐振楚随蒋介石仓促渡海迁台，将三个孩子寄养在衡阳老家。一个普通农家，自然无力抚养三个寄养的孩子，无奈之下，浩明先生被过继给了当地一位邓姓的剃头匠。无论养父养母多么良善，这种骨肉分离、寄人篱下的心灵苦难，以及政治歧视所带来的人格屈辱，依然必须由这个年少的生命独自承担。鲁迅先生在谈到家世变故对自己文学的影响时，特别强调了"由小康堕入困顿"，而浩明先生则是由上流社会跌进了社会的最底层。这种天壤之别的家庭变故，当然对浩明先生的人生观形成了深刻的影响，自然也直接左右了他的文学创作。但先生将这种苦难，完全融进了对人物命运的理解，转化为自己独到的艺术表达，而不作为某种人生的炫耀。一个作家，不炫耀自己华丽的身世或许不难，不炫耀自己的生命苦难，却很少有人能做到。世上能藏得住幸福的胸怀不少，能藏得下苦难的却不多。大抵只有那些有足够心理能量直面苦难，并将其视为当然人生历练的人，才能有如此的心灵包容和生命担当。曾国藩就是这种直面苦难并包容苦难的人物。在这一点上，浩明先生既有与生俱来的沉稳素质，无疑也进行了曾国藩式的人生修炼。与先生交往这些年，从未听到先生对人对事有什么抱怨。在这个意义上，我们读到的曾国藩，既是作为历史人物的逼真摹写，也是作家自我人格的艺术投射。

先生显然不属于习见的才子型作家，他的艺术天赋，几乎全部为其勤奋所遮掩。作为一位历史小说家，先生在史料的查证研读上，所做的是笨功苦功。这种板凳一坐数十年冷的书斋人生，不是一般作家，甚至不是多数历史小说家所能忍受和想象的。先生的办公室，柜里、案头、地上全是书，先生伏案其间，像一条昼夜啃噬的书虫。先生每写一个字，背后需要多大的阅读量作为支撑，大抵只有他自己说得清。先生在治学、创作上所做的这种笨功苦功，我们也能从曾国藩的人生理念与行为中找到对应。

《曾国藩》出版三十年，也热卖了三十年。先生对市场上形形色色的版本，似乎并不满意。对于文艺社拟出的这个版本，他提出了一个明确的要求，希望出得安静些、干净些，去掉那些基于商业目的的元素，把作品质朴地奉献给读者。先生似乎执意与这个眼球经济、流量文化的时代背道而驰，让自己的作品闹中取静，悄然走向读者。

我将写完的序言，忐忑不安地发给浩明先生，希望他提出修改意见，或直接修改，先生却一字未动转给了出版社，并发来短信致谢。我自忖这篇序言未必能达到先生的期望，但先生似乎将对我的包容和鼓励，看得比这篇序言的好坏更重。虽然与先生交往了近三十年，或许在先生眼中，我依然是一个需要鼓励和呵护的入学蒙童。

因了三十年这个双重意义上的时间节点，我动念写写浩明先生。这当然只是我了解和理解的浩明先生。在我的眼中心中，先生修品性而不废事功，守立场而不任意气，怀古风而不拒时变，洞世事而不从流俗，避祸患而不损气节，秉天赋而不弃勤奋。先生是当代学界与文坛极少数将治学、写作与修身一体贯通的人，湘学道术兼求只为天地立心的传统，在先生身上得到了赓续和发展。先生所治的学问，不仅为了厘清一套思想遗产，更是为了践行一种人生哲学；先生所写的人物，不仅为了还原一群历史存在，更是为了探索一种人生模式。先生的学术与文学，是真正修身立命的学术和文学。如果说，曾国藩作为一位身处乱世的读书人，实现了自己道术兼修、功名完满的人生，浩明先生则作为一位身处社会由乱达治，文化由废达兴，而一切远未完成时代的知识分子，实现了自己守常与求变兼顾、德行与事业兼胜的人生。我想通过这篇文章，既郑重表达对先生道德文章的敬仰，也想为当今这一文化冲突、价值观撕裂的时代，推荐一个文化人格健全、修身与功业兼举的人生典范，为惶恐、迷茫于艰难世事中的一代又一代年轻人，提供一份从容做人的文化底气。

当然，于我而言，浩明先生的人生高度，终其一生或难达至，然而朝向这一方向的努力，却始终不会放弃。

2020 年 7 月 11 日

《岁月不败紫金冠》手稿

岁月不败紫金冠

盛和煜是一位公认的编剧皇帝。惺惺相惜的朋友刘文武如是说。心心相印的拍档张曼君如是说。

勾栏瓦肆，一例如是说……

老盛如此江湖地位，显赫、尊贵，只是听上去，总有几分老迈。那感觉，如同一头暮年狮王，鬓毛虽猎猎，威风虽凛凛，但怎么看，都有些英雄不再，风烛残年的虚妄。然而，我所见到的老盛，无论创作中，还是牌桌上，依旧是一位头戴紫金冠的王子或少帅。倘若非要称皇帝，才足够彰显其至尊地位，那老盛，就是一位永远头戴紫金冠的皇帝。

早年听说盛和煜，是在一众花貌月容、功夫了得的花旦口中。有唱湘剧的，有唱花鼓的，有的甚至是歌舞演员，她们相聚在一起，讨论的不是如何觅个如意郎君，而是如何演个盛和煜编写的戏剧。平常我不怎么看戏，硬被拉进剧场，看的也是花旦扮相靓不靓，武生功夫好不好，永远也不会在意躲在幕后的剧作家。她们众口一词说老盛，既让人不解，更令人嫉妒。后来想到评剧皇后新凤霞，她的老公吴祖光就是一位剧作家，慢慢也就明白了：在梨园行里，编剧才是举足轻重的狠角色！所以关汉卿才拥有了领袖、师首、班头一堆名号。文人混迹勾栏瓦肆，不仅阅尽风月，且享无上尊荣，这职业，倒真让我心生羡慕。因而对老盛，未曾谋面我便颇有几分妒意。

见到老盛本尊，是本世纪初。那时我举旗办《潇湘晨报》不久，他也刚刚从湘剧院调入广电。广电门槛一直高，但他却是被许了房子、位子挖过去的，故有点掩饰不住的志得意满。约他相见的是刘文武，也是位风头无两的主。说是要请老盛加盟电视剧《走向共和》，担任总编剧。央视一套刚刚播完他出品的《雍正王朝》，真正一剧封神，如日中天。他想趁热打铁，继续与长沙广电合作，弄一部振聋发聩，对时代具有启蒙意义的史诗级作品。时任长沙市宣传部副部长的郑佳明，早年在北大学的就是历史，大家不约而同，看中了鸦片战争前后这一风云激荡的时代。还真是时代一有野性，艺术便有野心。我和刘文武是吉首大学的同事，属无话不说、意气相投的兄弟。起初动议弄《雍正王朝》，我就是最早参与策划的人。接着策划《走向共和》，便顺理成章参与其中。

老盛一脸春风走进来，见面便是一串"啊呀啊呀"，说你们两位在这里，怎么得了啊！接着便打了一个拱手。动作略为夸张，看得出他既要施礼，又想让人觉得是个玩笑，不跌自己身份。那时，老盛已年过半百，看上去却年轻，一头黑发茂密得如同挪威森林。脸白皙，五官端正且生动，说话激动时眉眼飞扬。如果身材再高点，倒是一个不错的小生坯子。刘文武说了请他加盟《走向共和》的想法。老盛说只要你们看得起，合作没一点问题。东西出来要得要不得，你们去评判把关。老盛的话，每一句都谦逊得体，但你能感觉到他心中的底气。他的倨傲，不在话语里，却在眉宇间，话到关键处，他会双眉一敛，嘴角一抿，有一种凛然不容置疑和冒犯的威严。只是一说戏，他便褪去了所有的谦虚和矜持，说之唱之，舞之蹈之，一身头戴紫金冠身披黄金甲的少年帅气。

《走向共和》果然大火，火得引起了社会各界的关注和争议。央视播出时，做了一些删节，而且加快了播出的节奏，但在全社会引发的思考和争论，却持久而深远。以至于时至今日，仍有不少人在网上观看其未删节版。一部电视剧，能引领国人对近代历史选择再思考，在国内，应绝无仅有，作为主要编剧，老盛的思想承载力和表现力，得到了充分施展，由此拥有了思想性剧作家的名头。

我和老盛虽为常德同乡，但都不爱在老乡圈子混，故酒馆茶室，勾栏瓦肆中很难碰面。每年见上一两面，都是在剧本的讨论或评审会上。那些本子，要么是老盛主抓的，要么是他领着弟子写的，每次都是我评他审他。他总是一脸微笑，话语谦逊得挨在地上，以此博得最少的批评和修改意见，所以江湖上称他"过审专家"。当然，"夜路走多了，总有遇到鬼的时候"，他也偶尔会讲狠摆谱。有一回，一位相当级别的领导评他的本子，一条一条，振振有词，越说越来劲，越说越离谱，俨然是一位横空出世的大编剧。我看着老盛脸上的微笑慢慢冷冻，最后冻成了一坨冰。不等到那位眉飞色舞的领导说完，他便丢出冷冰冰的一句话：那你来搞哈！整个会场，顿时冻成了一个冰窖。我参加这种会，也会提些意见。但凡觉得需要修改的地方，我都给一个方案，不会让人觉得站着说话不腰疼。因此老盛逢人便说：曙光水平高！其实多数人提意见，只是为了显示水平，老盛听不听、改不改，并没人盯着问。会议无论开得多有火药味，本子基本都能过。若是老盛真一撒手，谁能捡得起？再说，这些项目，大多是管理部门命题作文，老盛是他们礼贤下士邀请出山的，目的也就是要去拿大奖。老盛真摞了挑子，没人能顶上来。因为老盛所写的戏剧，得过十一个"五个一工程"奖，六个"文华奖"，举目望去，无有比肩者。

在戏剧界，得奖是一个剧作家的硬实力。但老盛真正的过人处，不在拿了多少奖，而在他多数的获奖剧目，都可看可听可玩味。他能在那些刚硬的主题下，填充自己的真性情、真思想、真趣味。无论正面还是反面人物，他都要将其写得像个人，而不是没有七情六欲的神，或者十恶不赦的鬼。比如《走向共和》中，孙中山和李鸿章，在他的笔下复活为血肉丰满的艺术形象。元代将一大批读书人扔进了勾栏瓦肆，他们纵情声色，吟风弄月，然而只要一提笔，便能在公案、婚姻、仙道和历史题材的外壳中，填塞自己的忧虑、怨怼，甚至愤懑，在舞台上颠覆三教九流的社会阶层，在勾栏瓦肆中再造一个或优美或悲怆的人性世界。对元明杂剧的这种传统，老盛可谓心仪甚笃，得道甚深。关汉卿所自诩的那颗"铜豌豆"，其实一直供奉在老盛心里。

冯小刚邀请老盛写《夜宴》，鬼使神差被我撞上了。那晚，我在通程大酒店食街吃夜宵，突然涌进一群人，其中便有老盛和冯导。红男绿女围着老盛忙这忙那，我估计冯导是要给老盛大活儿了。拼桌过去，听他们一聊才知道，原来是想用中国五代的历史背景，翻拍一个莎士比亚的故事。我觉得，老盛弄这种华丽而诡异、血腥而又不关痛痒的剧会来劲，但并不合适，因为他擅长的那些历史思考，可能根本装不进去。后来所谓的"台词门"，也证明了冯小刚、葛优的纯娱乐风格，与老盛的台词路数，无论怎么相互迁就，总有违和感。

老盛时常跟人说，我曾有恩于他，其实是桩小事。那时我还在《潇湘晨报》，他打电话给我，说儿子毕业了窝在家里，怕时间一长，窝出毛病来，你能不能帮忙介绍介绍工作？话说得轻描淡写，心思却听得出沉重。等我一口应承下来，他才告诉我，打不打这个电话，他纠结了三天。如今社会的风气，是苟富贵，必相忘！你如今搞了这么大的事，我把不准你给不给这个面子！老盛说是怕伤面子，其实是怕伤了他那颗骄傲的心。无论年龄多大，那都是一颗包着紫金黄金仍害怕伤害的少年王子心。

　　我俩再次聚首做事，是最近半年多。我的两个学生，许洁和龙博，拟投一场文旅演出，签下了铜官窑古镇的大剧场，想邀我出任总策划。我从未介入过文旅演艺界，八十岁学吹箫，害怕落下江湖笑柄。加上我还欠着出版社的签约稿，便一口回绝了。他们让我想想谁能干这活儿，我便推荐了老盛和罗宏。罗宏也曾当过他俩的老师，他们可以自己邀请。老盛则只好我出面代邀。电话打过去，老盛一口答应，只是说你搞我才搞。罗宏的回答，竟如出一辙。本想推给他俩一走了之，没想到，反倒被他们绑架了。我知道老盛虽退休多年，手上的活儿依旧忙不过来，平日访客如云，且时常被各地的剧团拉着东奔西跑。他去年才和老搭档张曼君合作，在江西弄了个新剧《一个人的长征》，又捧了一个文华大奖回来。说巧也真巧，这个剧改编自小说《骡子与金子》，其作者就是罗宏。在这个意义上，他们的合作也算梅开二度。

　　我和罗宏异想天开，想将湖湘的万年历史，用一场演出来表现，我取名《天宠湖南》，他取名《湖南史记》。其实我是想以这个完全外行的策划，逼老盛出手，让他拿出个既靠谱又出彩的方案。令人意外的是，他竟举手赞同，说本来戏无定法，我们几个老同志搞个东西，难道还要照别人的葫芦画瓢？那不就真的老了？我最看不起的就是倚老卖老！写戏没有少年心，笔都不要动！他还说省里曾经请他写过一部剧，就是从湖南历史上选四个人，一人一折戏，串烧在一起。后来资金没到位，本子还在抽屉里。他讲了其中一场戏，陈天华在日本跳了海，黄兴、蔡锷、宋教仁等一干志士跑来看他妈，每人上场一声娘……没等老盛激情澎湃地讲完，杨吉红已泪流满面，其他人也哽咽唏嘘，不约而同确定了这个主题。

晚饭后，我还想聊聊策划案，老盛却两手一挥，还聊什么啰，打麻将，打麻将！我的原则是：有麻将打不洗脚，有脚洗不写剧本，写戏永远排第三。时近午夜，我担心老盛要休息，说再打四把散场，老盛却高声大喊：这有么子味啰！过了十二点，我才进入状态，前面都是热身。我打麻将，都是要到天亮的。我们面面相觑，只好舍命陪君子。没想到越近天亮，老盛精神越好，打到早晨八点钟，他才极不情愿地同意散场。其后聚在一起，只要老盛喊打牌，大家心里便犯怵！一场通宵达旦的麻将打下来，真只有老盛脸不改色嗓不变声，仿佛酣睡了一晚，刚刚才从床上爬起来。

留给老盛剧本创作的时间，满打满算只有一个月，这对于一个习惯了戏曲和影视剧写作，并未担纲过大型文艺演出剧本的人来说，无疑挑战巨大。更让人放心不下的是没两天他便阳了。电话里声音嘶哑，说话有气无力。即便如此他依然让我放心，说撑过两天就没事了。毕竟他已年逾古稀，自我感觉再好，依然令我忧心忡忡。还真是只烧了两天，他便撑过来了。在电话那头，似乎已满血复活。老盛如期拿出了本子，嘴里说拿个靶子供大家批判，但感觉上信心满满。果然是我们想要的样子，一大堆历史人物和事件，被他妥帖地演绎在七幕戏中，贯穿的历史跨度，正好一万年。剧中有不少神来之笔，比如表现明朝初年大移民的长沙弹词，表现湘军将帅分工天下的话剧，还有禾场坪上的那场"认娘"戏。老盛似乎知道，我对本子较真，绝不会一次过关，所以让大家无所顾忌提意见。其实老盛不仅有专业自信，而且有专业自尊，如果要动他认为的得意之笔，便会站起来据理力争，争完了若是还要动，他便跑到一块大白板前，龙飞凤舞写下一行字：妈妈鳖！这么好的一场戏，你们都不用！写完将笔一扔，气鼓鼓地坐在一边，点上一支烟狠劲抽，像极了一个不肯服输的少年郎。我甚至干脆动笔，改了好些旁白和台词，也不管是不是班门弄斧。尽管这样，老盛也绝不倚老卖老，以名头压人，改过后他若觉得合适，便会用那改不掉的常德话说：要得！真的要得！

其实，老盛应邀编剧，纯粹只是为了回报我当年的帮助。这事闷在他心里，始终没放下。他似乎一直等待一个机会，能让他将这笔人情账还了。他对这个地方史诗剧的策划，应该心中没有底，直到他看过首演，才长长舒了一口气，悬着的心，总算落了地。这回他不仅还了我的人情，还进入了一个新领域，玩了一把真正的综合型艺术。

老盛叫我去他家，说是要玩牌。一进门，他却递给我一本厚厚的文稿，取名《我不探索》，封面上还正经八百写了"曙光雅正"四个字。我说书还没出版，签什么字？他说你不是答应为我作序吗？态度当然要恭敬一点。我似乎是答应过要为他写篇文章，只是没在意是序还是跋。我接过文稿，挤挤眼睛调侃他：你刚刚还清了我的人情账，立马又欠新的，什么时候还得清呢？莫不成，我一辈子都当你的债主？他哈哈一笑：欠就欠！欠小不欠老！欠你这小鳖的有时间还，我们两只鳖来日方长！

回家翻开《我不探索》，其中内容颇混杂，有创作谈、采访录、讲课稿，甚至还有人物小记。林林总总，但都指向戏曲影视的编剧艺术。我发现老盛谈艺术，还真不故弄玄虚、摆谱拿调，说到的谋篇布局、台词技巧，都是巴黏的干货。若是梨园行中人，静下心来读读，真会有些裨益。

我很好奇，老盛怎么用了这么个书名？怎么故作惊人之语，"我不探索"也不可能是他的艺术宣言。原来这是关于湘剧《山鬼》的一篇辩词。《山鬼》问世，本以为会是满堂彩，却不料惹来不少非议。最令他义愤填膺而又啼笑皆非的是，赞誉者与贬斥者的理由竟是同一个：这是一个"探索剧目"。老盛觉得是被人灌了一口苍蝇，恶心得大唾一口：我不探索！一九八八年，那时老盛还年轻，在一个全国性的探索戏剧研讨会上，他不管不顾，打了主办方和所有与会人的脸，如同一个头戴紫金冠的任性王子，一路拳脚踢得舞台上人仰马翻。我将文集一路翻下去，以为其做人成色会与岁俱老，没想到时至今日，依然是使气任性一少年。他丝毫也不愿掩其才华，也不委屈其个性，纵使有时难免向资本和权力做些妥协，仍然会据理力争，傲气凛然。于是我发现，老盛所有的谦逊恭敬，都只是遮盖骄傲的一层薄纱，不用揭去，照样能感受他英雄少年的坦荡与傲气。

假如老盛真是一个小生演员，人过七十，头戴紫金冠披挂上台，还能有目空一切率性而为的少年英气？估计真有！有时我想，勾栏瓦肆之于中国文人，真是一个神奇所在！梨园子弟之于艺术江湖，真是一帮传奇人物……

2023 年 8 月 1 日

象徵⑧意味的空間裡,生活是一種

生命的藝術,藝術是一種人性的宗

教,而這一切的文字和繪畫,則成為

了生活態宗教感的完美凝結。

縱言本澄…的日記中,我明白了

愈日常,便愈能獲得藝術的悟得

和宗教的歡喜。先生不為藝術創

作苦思冥想,亦因⑧不為宗教修煉

《屋顶上的艺术家》手稿

屋顶上的艺术家

　　社里和周边的人，习惯叫她蔡老师，包括她的丈夫和儿子。而我，则一直称她蔡先生，或者蔡皋先生。

　　我与蔡先生交往，起因于她的儿子。

　　先生育有一双儿女，小的是男孩，叫睿子。睿字不算生僻，入名却不多见。正巧，当年儿子出生，我抱着字典翻了大半宿，挑挑拣拣列了一张纸，到头也圈了个睿字。那天翻阅花名册，看到肖睿子三个字，顿生一份亲近感，觉得我和他父母，或许心有灵犀。

　　那是一次有关图书装帧的座谈会。集团老老少少的装帧家都在，年纪最小的是睿子，大约三十挨边。睿子看上去帅气且斯文，没有惯常美术青年的披肩长发。脸白皙，框了一副近视眼镜。见人说话脸会红，掩不住一份羞赧。发言调门不高，谈及专业，心中虽有底气，话却说得谦逊，听听便知是家有渊源的孩子。一打听，他的父亲是美术社的前任社长肖沛苍，母亲则是著名绘本画家蔡皋先生。

找来睿子的装帧作品，入眼便喜欢。简洁大气中透着灵性，有一种东洋图书范儿，意蕴却是中国式的典雅。或可定义为新中式，总之属雅正而灵气的一路。

睿子及其作品给我的印象，让我对他父母心生敬意。能把孩子教成这样，是件令人既折服又羡慕的事。睿子的姐姐，学的也是美术，后来到英国主修绘本，算是女承母业。作品在海内外也拿过不少奖，已在新生代中脱颖而出。这是一个名副其实的美术之家，一门两代四人，都在各自领域卓然成名，可见家风之纯良、家学之深厚。我请睿子转达对他父母的问候，相约专程拜访。

先生一直住在美术社，那是个优雅古朴的小院。据说肖社长在任修建时，建筑与庭院是由他带领社里的美术家自行设计，避免了一般事务所的匠气和怪诞。在喧嚣纷扰的闹市区，小院独拥了一份清雅。后来不少设计师跑来抄袭，不管花了多少钱，造出来总显得刻意做作，不似美术社浑然天成。我猜想，无论城里有多好的楼盘，先生应该都不会搬离这个院子。

客厅其实是个画室，除了大大的画案，便是高高低低的画架，墙上地上，满是已经完成或尚未完成的画作，既有肖社长的油画，也有蔡先生的水墨、水粉。杂乱虽是杂乱，雅致却也雅致，一副艺术的原生态。蔡先生见有客来，欢喜中显得慌张，紧致光润的脸上，羞怯出胭脂般的红晕，感觉是一个未出阁的大姑娘，见了突然造访的媒人。肖社长亦不擅待客，站在一旁搓手，看着老伴手足无措。

说到要看画，先生立马灵动欢跃起来，像个急于展示自己玩具的孩子，从各处搬来大大小小、新新旧旧的画作，令人眼花缭乱。先生的绘本画画幅小，都是绘本童书的原大。当年的制版技术，只能原大复制，画起来会难度更大。先生的绘本大黑大红，色彩对撞却和谐，极具视觉张力。先生似乎格外喜欢黑色，而黑色在其笔下不恐怖、不压抑、不消极，是一种独特的艺术光亮。在绘本中，这种风格和功力极少见。由此我意识到，先生的绘本画，不是一般意义上的美术启蒙，而是一种个性化的艺术创造，一种高贵的审美熏陶。先生所绘的《花木兰》《桃花源的故事》等，多取材于文学经典，她是以自己的人生，感受这些故事，而不是以少儿的眼光，去图解这些作品。童趣来自先生艺术感受的天然和本真，而不是对儿童视觉的俯就。先生的绘本在国际国内屡获大奖，她甚至出任过著名的博洛尼亚国际童书大奖的评委，可见其艺术成就已获得业界公认。如今中国所出的绘本，以引进品种居多，而先生的绘本，却持续向外输出，尤其为日韩出版人所追捧。相对在国际上的影响，先生在国内，反倒显得寂寞些。

先生拿出一个日记本，是她退休生活的日常记录，有文字，也有插画，自然随性之极，也精致典雅之极。先生的文字如同口语，没有丝毫的写作感，却又爽净雅洁。一地鸡毛的生活，在先生文中纯净得如同一泓清泉。我感觉，先生真是那种把人生过成了艺术，将艺术还原为人生，生活艺术彻底无界的人。先生的艺术灵感，全都来自生活中点点滴滴的欢喜。日记中那些百十字的文字，十数笔的钢笔画，像一个个音符，谱成了一曲如梵音、如天籁的人生乐章，你分辨不出是稚嫩是老到，是凡俗是高雅，是口语是书面，是智慧是笨拙，一切既成的观念和概念，都在这里混淆甚至消弭，留下的就是生活本身。这是一份巨大的意外发现和惊喜。我吩咐出版社与先生商量，尽快将日记出版，甚至建议由睿子牵头，组建一个工作室，专门策划出版先生的图书。

后来，先生的这部日记，被中信出版社挖走，出成了《一蔸雨水一蔸禾》一书。为此，我对出版社发了一次大火，并督促其组建团队，立马介入先生其他作品的出版。虽然这部作品被人夺爱，我依旧为其付梓刊行而高兴。在网络鸡汤文流行的当下，先生的这部书，具有正本清源的示范意义，它让人明白什么是生活有爱，生命有灵；什么是艺术无执念，文字无负累；让人明白生活和艺术其实都只有一个目的，那就是将自己活成一个自立、自主、自由的自然而然之人。

睿子给我送来《一蔸雨水一蔸禾》，并告知何时长沙首发，我自告奋勇出任首发式嘉宾，为先生的新书站台吆喝。那天同台的，还有何立伟和汪涵，都是先生文字和绘画的着迷者。现场的读者几乎爆棚，晚到的只能在楼下倾听对谈和朗诵。就在那一刻，我领悟到无论时代看上去多么喧嚣浮躁，真的艺术，永远都会有自己的爱好者。当大多数人扯着喉咙大呼小叫时，平缓低沉的自我倾诉，或许更能让人入耳入心。

先生出生在一个读书人家庭，父亲毕业于西南联大，学的虽是经济，却一身浪漫气质。晚年谈及自己一生最荣耀的事，竟是在雅礼读中学时，踢进了一个倒勾球。因为家世的影响，父亲的一生笃定命运多舛，加上生了六个女儿，生活的压力必定力不胜支，但他留给女儿的印象，却始终积极乐观。有时候，浪漫的人生态度，并不是对生活苦难的无睹或逃避，而是超越。在这一点上，父亲对女儿的影响应该深入了灵魂。从生活的点滴欢喜中，去感受人生的乐趣和生命的价值，坚信无娘鸡崽天照顾，一蔸禾苗必有一蔸雨水的浇灌。从而使其保守内心的平静和本真的浪漫。

第一师范毕业，先生分去乡村教书近十年。那个时代的乡村生活，清苦艰难是可以想见的，但先生似乎并不在意，照样沉醉于乡间的自然风物以及春播秋收的劳作欢欣，照样写生习画、阅读写作。先生并没有受过专业的美术教育，仅凭师范学校所学的那点美术常识，执拗地常年写生作画。八十年代进入湖南少儿出版社，她的岗位是文字编辑，工作之余，坚持进行绘本创作，并因此一举成名，超越了许多专业的绘本画家。先生似乎从未想过把画画当职业，而是将其视为一种自己喜爱的生活。她觉得绘画中的任何色彩都鲜艳、都美丽，融为一体彼此映衬，和谐而美好，最适合表达她对生活的感受和认知。而绘画，正是这种生活的本身。

退休后，先生将屋顶的露台开辟出来，种上各种习见的花草和蔬菜，每天浇水施肥，把每一次劳作当作一次艺术创作，从劳动的收获中感受创作的欣悦。一颗花籽的萌芽，一对昆虫的恋爱，一群飞鸟的集会，都会给平淡无奇的日子带来惊喜。在先生眼中，屋顶那方小小的园圃，竟藏匿着自然的万千秘密，变幻着四季的万千姿态，催生着生活的万千欢喜，繁衍着艺术的万千可能。在这个既高居于烟火世俗之上，又不悬浮于高天流云之中，充满象征意味的空间里，生活是一种生命的艺术，艺术是一种人性的宗教，而记录这一切的文字和绘画，则成了生活态、艺术味、宗教感的完美凝结。

从先生这本薄薄的日记中，我明白了生活愈日常，便愈能获得艺术的悟得和宗教的欢喜。先生不为艺术创作苦思冥想，亦不为宗教修炼念经打坐,她只沉溺于每日买菜做饭、栽种收获、阅读画写之中,一切都平静平常,一切都随性随缘,一切都自然而然。生活本身是具有艺术性和宗教感的,我们不用舍近求远另作寻找。艺术和神性是生活的微笑,就像只要我们心中有欢喜,微笑就会在脸上自然而灿烂地绽放开来。

作为跨世纪、跨时代的女性作家,先生的文字有一份少女般的率性随意。在我眼中,先生是一位年逾古稀的少女,一位没有目的的艺术家,一位随遇而安的修行者。

我的散文集《日子疯长》出版时,装帧是请睿子设计的。书中的插画,睿子建议请蔡先生创作,思考再三,我到底没敢开口。先生毕竟年事已高,更重要的是,担心自己的作品入不了先生的眼,不值得先生作画加持。我很害怕一旦开口,让先生拒之不忍、应之不愿。后来睿子还是请先生作了封面画,画的是一片蓬乱疯长的稻禾,其意与《日子疯长》的书名相配。这本书的装帧,获得了普遍的业内赞誉,其中包括先生所作的封面画。

先生的丈夫肖社长,是科班出身的画家,退休后专注于油画创作,在湖南声誉日隆。那年,先生的画展开幕,我一大早跑去道贺,夫妇俩一直陪我看展。看到人物肖像的那部分,肖社长提出为我作一幅肖像,让我安排两天时间,我当场婉言谢绝。一来我本草根,算不上什么人物,值不得请人作画造像,二来肖社长年高七十，我不忍浪费先生的时间和精力。画展后，先生还是让睿子送了一幅画来，画面是一派野蛮生长的蒲公英。那无边无际、迎风飞扬的白色花朵，一下将人带到了草木繁茂的辽阔原野。

朋友李修文的新作《致江东父老》，由湖南文艺出版社出版，我推荐睿子作装帧。修文看过睿子为我的《日子疯长》和《满世界》所作的设计，心里极喜欢。睿子提议由母亲作插画，大家都很赞同。先生交出的画稿，是一组组用焦墨满涂的变形人体，看上去如一尊尊现代主义雕塑的黑色投影，充溢着生命的苦难感和坚韧的抗争力。先生原本擅用黑色，这一回她将黑色用到了极致，最终让那些漆黑的人体光芒四射，令人不可逼视。修文看后很是喜欢，专程从武汉跑来致谢，之后又写了一篇文章，表达对先生由衷的感激。修文的散文，始终关注社会底层，记录的全是在经济学意义上被剥夺，在社会学意义上被凌辱，在哲学意义上被异化的悲催人物，充满了人性的悲悯和善意。先生的插画，用最强烈的黑白对比，最富张力的形体扭曲，表达了这种悲悯和善意。很难想象，会有另外一位画家，能画得如此简洁而充满生命的爆发感。

疫情防控期间，我又读到一本由先生作插画的新书，是锺叔河先生的《学其短》。锺先生编选了一些中国古代的精粹短文，作为少年儿童的国学读本，锺先生对每篇文字作了精短点评。这本书的插画难度极大，因为所选篇目，好些没有故事性和画面感，但先生却每幅画都抓住了文章的灵魂，画得生动而深刻。这是我所读到的各种国学读本中，编选篇目精当、评点文字精要、插画艺术精致的一个版本。我将这本书推荐给了编辑们，作为学习文章写作和编辑艺术的范本。湖南出版的两位大家，能在晚年有这样一次倾心合作，或许是一件不再的盛事。

前几天我去看先生，先生还是那副羞怯温婉的样子，笑起来很慈祥，却又显得年轻，从神情到举止，看不到多少老态。听睿子说，先生年初眼睛不聚焦，我便有些担心：一位画家，眼睛出毛病是件大事！我问及，先生倒显得轻描淡写：人老了，总会有些远视，重新配了副眼镜，没事啦！

先生照旧每天画画写作，打理楼顶的园子。睿子说母亲最近有些忙，有一套新书要赶在中秋前出来。我猜想或许是和中秋节相关的绘本，否则也用不着赶这个时点。我问起楼顶今年都种了些什么，先生一样一样细数。其实都是些习见的花草和蔬菜，先生眼中，却似乎都是奇花异卉，又似乎是一群活泼乖巧的孩子，先生的喜爱，丝毫无逊于自己的画作和文字。

今夏的天气，多雨而炎热；今岁的世界，多灾而动荡。但先生脸上的笑容，依然淡定而纯真。与她待在一起，便觉安妥和清净，仿佛世界一下还原了日常的样子，而我们当下所感受的水深火热、纷扰不宁，反倒是一种幻象。

应该是一种天性，先生喜爱艺术，却不执念于某种审美理念；先生热爱生活，却不执念于某种人生目标。随心随意将生活与艺术煮成一锅粥，这大抵就是先生自己的桃花源故事。先生的桃花源在屋顶，更在自己心里。那不是一个梦，而是随性随缘、不惊不诧的每一个日子。

先生说：生活是一万个值得！

其实人生就是这样，你觉得值得便值得，你若觉得不值得，也便真的不值得了。这事谁说了都不算，除非你自己。

2020 年 8 月 1 日

《宋师吾师》手稿

宋师吾师

对宋师夫妇的愧疚，一直如鲠在喉，如石在心，七八年了，吐不出扔不掉。且憋闷愈久，愧悔愈深。

宋师遂良先生，是享誉全国的文学评论家，曾坐山东文学批评的头把交椅。早年教中学，亦是当时山东屈指可数的特级语文教师。离休后翻然转身，弃文学而评足球，一番"杀鸡使牛刀"的降维打击，成为齐鲁大地家喻户晓的"足球教授"。有一年，我回济南看他，从机场一上的士，就听见收音机里评球的人声音很熟悉，问司机评球的是谁？司机很惊诧，一脸鄙视地反问我：你不知道他是谁？宋遂良啊！济南人看球，如果没听他的球评，等于这场球没看！此话似曾相识，当年山东有位作家告诉我：一部小说出来，如果宋遂良没写评论，等于没出版！

这便是宋师，我的研究生导师。

宋师这称谓，是我蹭来的。平常在家里，先生和师母傅定萱，爱彼此宋师傅师地叫。究竟是氏还是师，其实我也没弄清，只是自作主张认定他们是以师相称。觉得有趣，也便跟着叫。起初有点恶作剧，我猜想，这应是他们夫妇间的昵称，或许背后还有什么不可为外人道的恩爱故事。后来叫来叫去顺了口，宋师夫妇似乎也听顺了耳。有一回我试探宋师：还是改口称先生吧？宋师连忙用长沙话说：冒必要冒必要，咯样更像一屋人！

头回见宋师，是一九八六年夏天。那年我报考山东师大的研究生，跑去济南复试。那之前，我时常拜读宋师的文学评论。感觉他是当时最抵近创作前沿的批评家，但凡有些分量的新作发表，立马就能读到他的评论。有些小说，我也是先读他的评论，回头才读的原著。如我这样的人，当时应不少，几乎把他的评论，当作了一份了解文学创作的即时指南。宋师是《文艺报》的主力作者，隔三岔五便有大块文章赫然推出。宋师的文章，既有高屋建瓴的社会学分析，甚至不惧触碰某些敏感的思想性话题，并没有多少"一朝遭蛇咬，十年怕井绳"的心理阴影；又有探微发幽的文本阐释，他关注的始终是作家的审美旨趣和审美表达，对文本的艺术感悟，有一种与生俱来的纯粹和高贵。宋师的文章，属既"温而厉"又"温以丽"的一类。所以选择报考山东师大，我就是冲着田先生的学问和宋师的评论去的。

田先生是现代文学研究界泰斗，新中国最早招收现代文学研究生的四位导师之一。先生一九五四年开始招收研究生，到我们这一届收官，我算得上关门弟子。宋师那时刚从泰安调过来，在新成立的中国现代文学研究中心主持工作。为把他从泰安一中挖过来，田先生费了九牛二虎之力。据说不仅搬来分管副省长站台，而且亲自跑去泰安，逼着主要领导签字放人。领导是先生早年的学生，碍着先生的面子，再不舍也只能割爱。

因为是最后一届，先生亲自批卷亲自把关，大概是担心关门弟子坏了声名。恰好那年我英文考砸了，上线差两分。先生拿着我的专业试卷翻过去翻过来，就是不忍扔进落选的那一堆。到头先生把宋师叫过来，让陪着跑去教育厅找厅长，为我争取破格名额。七十多岁的学界泰斗亲自出马，厅长不仅重视而且感动。先生说：这个考生我不认识，更不沾亲带故，只是觉得或许是个人才，你们给个机会，以免遗珠之憾！宋师又强调我来自少数民族地区，理应给予政策倾斜。厅里于是给了加试英语的特殊照顾。因此我的所谓复试，其实就是再考一次英语，专业课只是走走过场。这番折腾，先生自己从未和我提及，两年后，宋师回忆当时的情景，也只说了田先生说的那番话，他自己所说的，却只字未提。

于是有了我和宋师的第一次见面。电话里，宋师不厌其烦地告诉我：下了火车坐几路公交，在哪一站下，往前走多少米是校门，他会站在校门什么位置等我，如果人多，如何在人群中辨识他。两天两晚的绿皮火车，一路走走停停，到站晚了一个多小时。我不确定宋师是否还等在约定的地方，便想着怎么再约他见面。从公交车上下来，校门口熙熙攘攘。进进出出的人流中，我一眼便看见了宋师在电话里描述的那一头白发，果然白如雪山，在金色的夕阳里闪耀着静穆的光辉。宋师身高体瘦，站姿坚定挺拔，在流动不羁的人流中，像挺立在海面的一柱石笋。

宋师见了我，拉着手便往家里走，说这几天你好好准备复试，吃住就在家里。他刻意不说"我家"，免得我有生疏感。我当然觉得不妥，宋师却不由分说将我拉回了家。宋师家只有三间房，一间是客厅兼书房，一间是他们夫妇的卧室，一间则是小女儿早芳的闺房。他们在自己的卧室里给早芳架了一张小床，把她的房子腾给了我。后来我弄明白，宋师是担心我英文加试过不了关，研究生没考上，钱又花去一坨。

师母见饭菜凉了，要端去厨房热一热，我说不用了！我老家夏天是吃冷菜冷饭的，早晨把饭菜做好，用竹箕罩在桌上，中午晚上端碗就吃。宋师笑一笑，说我们老家也是咯样！竟然一口地道的长沙话。我这才知道，他们夫妇都是湖南人。

宋师老家是浏阳。在浏阳，宋氏是大姓旺族，国共两党里，都出过不少人。宋师的父亲不算显赫，就是个读书人，民国时代在江西做过三年县长。身处末世，时局动荡，吏治废弛，老先生不想同流合污，当然也不见容于官场，干脆辞官回了老家。宋师十五岁考上革命大学，毕业后去了空军。一九五六年转业，考上了复旦大学中文系。一九五八年开始发表文学评论，在批评界崭露头角，随即被拔了白旗，成了白专典型。一九六一年大学毕业，戴着这顶白专帽子，分配去了泰安一中。宋师与师母，就是在泰山脚下相识相恋的。尽管当时传统婚姻观已被批倒批臭，他们这一对，仍被人视为才子佳人。更何况，他们都是离家远行的湖南人，乡音乡情，也是他们共同抵御政治风寒的一袭裘衣……

后来我自然是被录取了。当时田先生旗下，还有吕家乡、袁忠岳、孔孚等先生，我与师兄周德生，被分到先生和宋师名下。田先生虽年事已高，但仍会给我们上课。那时研究生的专业课，都在导师家里上，我不知道这是当时的风尚，还是山师独有的传统，不管是哪位导师的课，学生还没进门，师母早已将水果洗净摆好。每回去田先生家，他总是见人先发一个大苹果，然后坐在沙发上娓娓道来，回忆抗战时期文艺家们的创作与生活，偶尔也会谈及自己的杂文。先生授课很少抽象谈理论，但从他对史料的取舍和作品的评价中，你能勾勒出他的学术框架和理论脉络。抗战期间，先生在重庆编书编杂志，出版传播抗战文艺作品。先生所讲述的史料，不少具有亲历性。一九四七年，先生就出版了《中国抗战文艺史》，奠定了他在现代文学研究领域的开创性地位。但先生的授课，却常常在史书之外提供更多的情景和细节，讲述的风格，亦轻松诙谐。在先生身上，我看到了重大以平淡出之、博学以简略出之，一派云淡风轻的大学者风范。

宋师授课，大多是在他那间客厅兼书房的屋子里。说是客厅，三四个人坐进去，便已显得拥挤；说是书房，也无气派堂皇的书柜，一张老旧的书架，被横七竖八插满书，给人一种不堪重负摇摇欲坠的感觉。书桌亦不大，桌面同样堆满了书。先生似乎从未整理过，哪天去都显得杂乱。书柜书桌上书虽多，但似乎很少经典，大多是当代作家的签名本，有些刚出版，是送给宋师请求评论的。宋师讲课聚焦的是作家作品，他不愿将作品嵌入到文学史的框架中削足适履，也极少引经据典。他喜欢细究文本作纯粹审美的赏析，将学生带入一个自由自主的审美境界。讲到动情处，宋师便声调升高语速加快，眼里泪光闪闪。他那一泻千里妙语连珠的讲述，加上跌宕起伏的情绪，听上去像一场话剧的激情独白。

与别的先生不一样，宋师上课不要求做笔记，亦不开书单，甚至他讲授的作品，你没兴趣也可以不读。课后布置作业，多是从书桌上挑出几本书，每人一本递到手上，各自写一篇评论。完成了算良好，发表了算优秀。宋师就是用这种方式，将我们带入文学现场，抵近创作前沿。他曾经教导我：只有写作，才能让你知道该读什么书，该怎么读书，此外别无法门。入校前，我已在大学工作四年，发过几篇文学评论，因而我交上去的文章，宋师大体不会动，除非有明显的错字病句。他说一篇文章的裁判者是编辑，用与不用，改与不改，他们说了算。一个好编辑，才是教你怎么写文章的好老师。宋师将文章推荐给合适的报刊，总会郑重地写上一封推荐信。写信所花的功夫，远比修改文章多。

我的好些文章，是经宋师推荐出去的。他真正的目的，不是把文章发出来，而是将我推向文学现场，让我始终有在场感。宋师的这套方法，也曾被人质疑，甚至招致非议，他的回应斩钉截铁：一个学当代文学的研究生，最好的课堂就是创作一线！山东师大是一个讲究热学问冷做的地方，鼓励学生板凳一坐十年冷，因而宋师的理念，在那里算是异类，后来他评职称，亦有人拿此当说辞。我们一伙研究生为之不平，宋师却淡然一笑：天下之大，各行其道而已。

宋师认为：研究生教育的根本任务，是培养学生阅读和写作的自主能力，养成其人格与学术精神的独立性。他强调自由与独立不仅是一种意志，而且是一种能力。他觉得一位导师最应该谨慎和避免的事，就是以学术之名妨碍甚至剥夺学生的读写自由。宋师嘱咐我珍惜三年的研究生时光，话说得掏心掏肺：人这一辈子，只有研究生这几年可以真正自由读书写作，因为你们已经具有了判断和选择能力，同时又可以不为升官发财的现实利益所捆绑。人生虽然漫长，但不被现实羁绊的时间却十分短暂。等到你们进入社会，即使还能追求精神自立，代价也会昂贵得多，甚至可能支付不起！一个导师如果用书目、选题和学术传统捆绑学生，其实那就不是培养人而是残害人！宋师的话，即使说在二十世纪八十年代末，我也听得振聋发聩。一位视培养自由精神与能力为第一职责的导师，在任何时代都珍贵稀有。

宋师对人对事，偶尔也会有具体的不满和愤怒，但只要一上升到不妨碍他人的自由，他立马就会妥协甚至释然，让人觉得有些没原则。工作管理是这样，家庭生活也是这样。他的小女儿早芳高考那年，一位研究生找她谈恋爱，弄得她根本无法复习备考，成绩雪崩似的往下掉。我和师兄德生很气愤，准备找这位师弟聊一聊，结果被宋师制止了。他觉得高考虽是大事，但两个孩子的恋爱是更大的事，尤其早芳是初恋，家长不应该干涉其自由。果然早芳高考失利，后来到外地补习一年，才考上了北外。后来我问宋师，这事他后悔不后悔？他依旧认为高考可以再考，可初恋是她人生的第一次自由选择，如果被扼杀了，一辈子都补不回来。我又问早芳，她说那场初恋对她唯一的意义，就是让她明白：自由是有代价的，唯其有代价，才会更珍贵。不是恋爱珍贵，而是自由珍贵！

回首研究生三年，宋师从未让我参与其课题，哪怕是帮他查查资料，从未要求我读哪本书或听谁的课，也从未在我的哪篇文章上署过名，尽管这篇文章可能从选题到推荐发表都是他在做。有一回，我评山东一位作家的长篇小说，作家希望宋师署个名，我便把宋师的名字写了上去，结果被他划去了。最后他又经不住作家的软磨硬泡，干脆自己另写了一篇文章，发在了另一份刊物上。

　　宋师狭小杂乱的书房里，只有两幅墨迹，尺幅很小不起眼，内容却令人过目不忘。一幅是诗人孔孚先生书赠宋师的："恨不得挂长绳于青天，系此西飞之白日。"句子是李白的，心境却是中年宋师自己的。另一幅是宋师的手迹，所书的四句话，不知道算是他的座右铭，还是一种内心的向往。起初我以为是明清哪位名士的金句，但总没查到出处，前几天在百度搜索，也未显示有谁说过，可见就是宋师自己的内心抒写："会末路英雄，交迟暮美人，读违禁书籍，作犯上文章。"这幅拓落率性的才子画像，与生活中恭谨谦逊、诚恳善意的宋师相去甚远，或可判若两人。宋师作文说话虽才华横溢，但为人处世却低调随和，从无古怪乖张行状，真正临事，多取息事宁人姿态，绝无争于气力的豪狠霸蛮。但他的内心执拗狂野，不屈就于势苟同于人。宋师与所处时代，无小磕绊，有大疏离，从未如鱼得水。他甚至认定，若不对时代保持足够警惕，不是将自己沦落为权势的牺牲品，就是使别人沦为权势的牺牲品。我觉得宋师对自由信念的坚守，虽然与其早年的经历有关，但根本上，还是一种天性，譬如鱼要破网，鸟要出笼，生命不可被束缚。在一篇名为《返抵本源》的文章中，他曾写道："只是我想自由！"简洁朴素的六个字，泣血如咽，却又气壮如吼，我一直视为其人生宣言！在这一意义上读那四句话，便可见出宋师内心的悲苦、无奈与执拗：行不能至，心向往之。

说到底，宋师属于那种君子气与书生气兼具的人，君子气使他待人温文尔雅，遇事与人为善。他背负着太多观念，并始终秉持着这些观念做人行事，一生几乎活在所信奉的那些观念里；书生气又使他无法忽视现实的招引、内心的欲念，无法真正按捺住蓬勃甚至狂野的生命力。他们这代人真正的苦难，是要把那些冰冷的观念活成有血有肉的人生。

除了精神品格的高标傲世，宋师身上还有三样标示性的东西让人一睹难忘：一头如雪白发，一手锦绣文章，一口舌灿莲花的演说。那时邀请宋师演讲的学校和单位多，几乎隔天不隔周。宋师出去演讲，多带上我。通常他只作前面的主旨演说，互动答问交给我。起初我颇得意，以为是自己口才拿得上台面，后来我慢慢体会到，宋师是用这种方式给我开小灶补课。我曾算过一笔账，陪宋师演讲的次数，几乎和听他的课一样多，且内容并不重复。另外，宋师觉得人生在世，与世界沟通的方式无非说与写，但说比写重要。宋师似乎想让我体会到，古人说"当今争于气力"，但我们所处的时代，则多争于言辞。日后我能不分场合无稿演说，实在得之于宋师当年的启悟与培养。

宋师的这份"偏心"，别人以为是因同乡情分，或者因为我的那点才气，其实他仅仅出于对田先生声誉的维护。因为田先生请求特招我时，说过"或许是个人才"，他要用三年的悉心培养，兑现田先生的判断。大概当时听过这句话的人都忘了，只有宋师谨记在心，始终当作了自己的一种使命。我毕业时，宋师执手相送，临别的赠言竟是：别辜负了自己，也别辜负了田先生！

对于我毕业后是否回湘西，宋师很矛盾。当时学校有教授想留我，作协那边张炜也希望我过去，最后宋师一咬牙，让我还是回湘西。理由很简单：既然考研时答应了吉首大学毕业后回校，就不要为了这点小事违背承诺。毕业分配去哪里，对研究生来说，无疑是重大得不能更重大的人生选择，而在宋师眼中，与兑现承诺相比只是一桩小事。这是宋师在校给我上的最后一课，也是最重要的一课：人生百年，真正安身立命的大事，是一言既出，千金不易。

一九九四年离休后，除了返聘教学、撰写足球评论，宋师还有各种各样的策划会、评审会，俨然一位炙手可热的文化专家。但凡这种场合，别人讲几句不咸不淡的话，拿个不大不小的红包，主客各得其所。宋师要么不去，去了就必须讲自己的意见，每每弄得主办方收不了场。宋师这个专家，确乎永远不合时宜，他一厢情愿地认定：别人请他去，就是想听质疑批评，否则请他干什么？所以他若不说真话，便是有辱使命。

有一回，济南的一处重要商业区做文化包装，别的专家建议仿建这个古迹，雕塑那个古人，宋师却建议造一座巩俐的雕像，会场一片讪笑。一位年届古稀的老人，提议在孔孟故乡为一个戏子造像，简直有辱斯文！宋师却上演了一出舌战群儒的大戏：一个现代商业区，站个古装老头子，审美上不违和吗？一个城市，除了居住生活功能，首先应该是美！巩俐不美吗？不美大家怎么会去电影院看她？电影院里可以看，塑在大街上怎么就大逆不道了呢？宋师振振有词，丝毫不掩饰他对巩俐美丽的欣赏与追慕。后来他干脆就此写了一篇文章，坦坦荡荡发在报上，呼吁市民讨论。

高校区建的一道文化墙，上面刻了辛弃疾、李清照等济南名人诗词，还刻了《二十四孝图》。宋师站在街头，逐一指出文字标点的错误，并严词斥责选刻《二十四孝图》的荒唐，说鲁迅先生几十年前就讽刺批判过，如今竟刻在墙上，想教育谁？自己做得到吗？这番街头火辣的批判，又一次引发市民和媒体的广泛关注，逼得城建部门做出修改。

七八年前，宋师说想趁身体还硬朗，回趟老家转转，算是辞路。我知道宋师健康状况良好，日后一定还有机会回湖南。但这次他们能回来，我自然喜出望外。在电话里，我们细致地规划行程，并敲定下午我去高铁站接站。那天早上，突然接到通知到省里开会，一进门就收了手机。过去也有开会收手机的，通常只半天，但那次却在会议室关了整整一天。无论给工作人员怎么说，始终不准与外界联系。待我开完会再与宋师联系，他们已自己找了一家旅馆住下。虽然宋师一句责问和埋怨都没有，但可以想象，当我没如约出现在接站口时，两位老人的失望和无措、疑惑和担忧。那漫长的两三个小时，应该是他们生命中最难熬的一段时光。我怀着无法言表的愧疚赶到城南那家小旅馆，想给他们换家宾馆，再到原订的酒楼为其接风，结果都被拒绝了。宋师提议到街边的一家面馆，每人吃了一碗肉丝面。我陪他们在房间坐了许久，两人谁也不提今天的事，这反倒让我愧疚更深。

我起身告辞，宋师执意送下楼，我觉得他是有什么重要的事要交代，便没再推辞。到了旅馆门口，宋师拉起我的手，神情郑重地对我说：曙光啊，人不论到什么年纪，红颜知己总是要有的！一时我不知怎么回答，宋师也没等我回答，说完便像了却了一桩心愿，转身走进了旅馆。我久久地站在门边，望着那头愈走愈远的白发，直至完全消失。我不知道这是宋师八十年人生的经验，还是他八十年人生的遗憾？或者他所说的红颜知己，只是一种象征、隐喻，其中还有更深远的内涵与寄寓？我只是觉得这话很重、很烫，在他心里一定焐了很久很久。

十多天前，为庆贺宋师的九十诞辰，他的山东弟子们策划了一场"宋遂良从文从教七十周年文献展"，引起了高度关注和广泛赞誉。其影响，大大超越了文学界、学术界和教育界。座谈会上，宋师约定与会者每人只讲一个故事，不可歌功颂德。我讲的就是上面的故事。没想到话未落音，会场竟有几个人站起来，说：先生也给我说过，先生也给我说过！

宋师也突然站起来，激情澎湃地一挥手，丝毫没有掩饰和辩解：人就是这样，无论活到什么时候，都该保有纯洁、青春、激情和爱心……

年过花甲，我一生所遇幸事不少，但能得宋师为吾师，实乃天宠之幸！

2023 年 5 月 9 日

我给孙佳发了一段信息，似觉些脚难忍。于是提笔写了一副楹联：选郎皆大笑，自信心不黑暗地使老明、顺顺都努力，践行今若勤奋地就丰饶。我把楹联拿到庭院理，却为健忘数十年未复出居所方向对雪明月、满天星老伴：咄咄，嗳：绕成伏蜂。我双知道，便忠是岁收得到这副

《酒醉诗文笑醉人》手稿

酒醉诗文笑醉人

世间有些人成朋友，不是因为患难与共，而是因为彼此瞩望。譬如我和孙健忠。说起来，我俩一直南辕北辙，若即若离，但不知不觉中，也交成了好朋友。

与健忠称兄道弟，其实也属忘年。健忠比我长二十岁，他的长子孙佳则与我同年。我将他们父子同称兄弟，孙佳对此常犯嘀咕，老觉得我占了多大便宜。倒是健忠豁达，每每提及，哈哈一笑：莫管这些，莫管这些！各是各的兄弟！

我被健忠吸引，起初还真不是因为文学。尽管那时我只是文学系的学生，健忠已是有了名头的作家，在文学湘军的阵营里，算是摇旗呐喊的主将。一次，健忠回湘西办个什么文学班，吃饭时有人讲起关于他的一段故事，多多少少有点情色。我以为健忠会内心不悦，甚至会溢于言表，不料健忠哈哈大笑，那种坦荡和爽朗，正如他老家湘西金秋的阳光，温暖，爽净，山川普照。满满一屋子吃饭的人，几乎没有不被他的笑声感染的。

那是我第一次听到健忠那么开怀爽朗的笑声。那笑声，让我觉得他就是一个兄长，一个可以让陌生人引为兄长的兄长。

健忠出道早，"文革"后期已不断有作品传扬。他的这种身份，很容易让我那几届的文学系学生，投以一些另类的眼光。直到他《甜甜的刺莓》刊布、获奖，我才埋下头来，认认真真地阅读他的作品。后来我猜想，这种另类的眼光，肯定不只我们几个大学生有过，应该当时的文坛，当时的社会，都有这种短视和偏见。但他似乎并不在意。他同时期同类型的作家，有好些几十年后还在为此声辩，唠唠叨叨像个祥林嫂，而健忠则从来没有谈及。一次，我说到当初自己的偏见，健忠照旧是一串爽朗的大笑，举起酒杯邀我：喝酒！喝酒！

文学湘军那时兵强马壮，声势浩大，对其未来，整个文坛期许甚高，就在这时，我写了一篇颇不合时宜的文章——《湘军，一支缺乏修炼的队伍》。文中历数湘军在文化传承、美学视野、文学技术等多方面修养和修炼的缺陷，对文学湘军的未来，大大唱了一次衰。虽然没有具体举证作家和作品，但一竿子打了一船人，其实后果更严重。《湖南文学》刊发后，也承受了不小的压力，大意是"自家人拆自家的台""气可鼓不可泄"之类。

不久，我去健忠家，进门他便说我的文章写得好，真正说到了要命的地方。打开两瓶酒鬼酒，大呼小叫让夫人炒这炒那，一顿酒喝了大半夜。

那是我第一次进健忠的书房，案头柜边，不是海明威、福克纳，便是卡夫卡、庞德；不是陀思妥耶夫斯基、索尔仁尼琴，便是马尔克斯、加缪。健忠如此大的西方文学阅读量，一方面让我由衷敬佩，一方面令我暗自担忧。这样狼吞虎咽般的文学补食，是否会令其食洋不化，反倒迷失了自己？这种担心，一直持续到他的《醉乡》发表。

在这部长篇里，健忠找到了现代主义审美和传统湘西巫傩文化的融通点，找准了人类生命困境和湘西地域人格的纽结点，使其惯常甜美的叙事风格，叠染了生命无常的忧虑，使其封闭的田园生活，融入了社会倾覆的不安。小说的叙事，在流畅的故事讲述中，嵌入了情绪的顿挫和思想的纠结，因而获得了更强的文本张力。这种人生激越与生命苦难纠缠的审美追求，升华了健忠的文学境界。我觉得健忠已经是一位臻于成熟、值得研究的作家，并郑重地列入了自己的研究计划。我把这些想法告诉健忠，他依然是哈哈一笑，仿佛这事与他并不相关。

从山东研究生毕业，健忠很想我留在作协的创研室。阴错阳差，到头我却辗转去了文联的理论研究室。后来健忠当了作协主席，问我是否仍愿来作协。但那时，我已经下定决心弃文从商了。

调入文联，我和健忠的小儿子孙多成了同事和朋友，也因此看到了健忠家庭生活的另一面。孙多生性颇顽劣，从小不爱读书，健忠严管无效，之后便不再勉强。健忠觉得，读不进书没关系，只要健康便好；孙多参加工作，在文联当司机，健忠觉得，工作贵贱没关系，只要努力工作就好；孙多在社会上广交朋友，手头用度大，不时需要家中接济，健忠觉得，给点钱没关系，只要不亏待朋友就好。再后来，孙多结婚生了孩子，孩子便丢给了家里，健忠觉得多个孙子吵点闹点没关系，只要孙子开心就好。把所有这些"就好"加起来，健忠夫妇的负担，其实已经很重。尤其是健忠，对于孙多人生的忧虑，慢慢成了一块心病。但是我任何时候去看他，照旧是喝酒、畅笑，不会让一点烦恼弥漫传播。

健忠卸任省作协主席时，我已在商海摸爬滚打好几年。一直未能完成的关于他的研究，让我内心很负疚。有空便提上两瓶酒，跑去和他喝一顿。健忠虽然身体已大不如前，后来又检出了癌症，言谈中却并不忌讳。喝酒和大笑，一如从前，完全看不出是一个生理和心理上不堪重负的人。再后来，夫人又患了失忆症，生活慢慢失去了自理能力。健忠要照顾孙多留下的孩子，又要照顾失忆失能的夫人，其苦其累可以想见。倘若换个人，精神或许就绷不住了，健忠却依然坚韧。健忠是憋着劲将这一切硬顶下来。除了上医院，他几乎不下楼；除了见青年作家，他几乎不社交。土家汉子的倔强劲，在生命的尽头爆发出不可思议的力量！健忠既没有放弃自己的长篇写作计划，也没有将家中老小完全扔给孝顺而又忙碌的长子孙佳。

健忠默默地已经在面对死亡了。他在一篇《如果面对死亡》的短文中，表达了自己几乎超然的心态："属于我的这个躯体正在背叛我，一天天老化并且死亡，从局部的死亡到整体的死亡。"面对日渐逼近的死亡，他打了一个很通俗的比方："比如搭车，我的站到了，该下车了；你的站没到，那么就多搭几程。最后都是要到站的，都不必把自己看得太重。"

后来健忠唯一放心不下的，是小儿子孙多。孙多爱赌，在江湖上欠了不少钱，先是从家里拿钱填，实在填不住了，便离婚别子跑了路，是生是死没有音讯。几年后有人说，孙多跑回湘西又结了婚，且生了两个儿子。健忠让孙佳打探找寻，终究没有结果。健忠对多了两个孙子深信不疑，时常拿出早年在乡下收的十枚袁大头，交代孙佳：其中四枚，是留给未曾谋面的孙子的。他听人说，一枚能卖三百万，觉得有这笔财富留给孙子，也能放心去了。孙佳不忍告诉他，这是江湖上的骗局，没有银圆能值这个价。他希望父亲揣着这个梦，日子能过得开心些。

我和孙佳虽然是同事，见面的时间也不多。除了工作上他得主持一个出版社的编辑事务，家里两个老人、几个孩子，已把他弄得焦头烂额。偶尔碰上他，我都说提两瓶酒去看看健忠，孙佳总说等他身体好一点。于是我便让他带去两瓶酒，嘱他陪健忠喝几盅。

我一直等着健忠身体好一些的日子，再到他家看看他喝酒的豪爽和大笑的畅快。没想到等到的，却是他去世的噩耗。健忠临终嘱咐：不发讣告，不搞告别仪式。我是深夜刷朋友的微信，看到了祷他的挽联。

那一晚，我独自坐在书房里，回想和健忠交往的点点滴滴，才发现，我们的过从实在不多不密。该要交集的时点，却经常失之交臂；该要兑现的承诺，却一直拖欠未践；该要实现的心愿，却总在无期等待……若仅就人生的交往论，我似乎不应该如此悲伤，然而听到健忠的死讯，我确实如失亲人，如丧挚友。

我给孙佳发了一段信息，仍觉悲怆难忍。于是提笔写了一副挽联：

> 是非皆大笑，自信心不黑暗天便光明；
> 顺悖都努力，践行人若勤奋地便丰饶。

我把挽联拿到了庭院里，朝着健忠数十年未变的居所方向，对一弯明月、满天星光，缓缓点燃，慢慢烧成了灰烬。

我不知道，健忠是否收得到这副挽联？如果收到了，他一定还是哈哈大笑，而且边笑边说：莫管这些，莫管这些！下辈子我们还是兄弟！

2019 年 6 月 9 日

人生在世，大概德（會碰）上兩個這樣的人：又沒親帶故，無工作交集，甚至根本緣面上的著長相照應，先了關心，但說不上熟悉，乃見想念，但說不上牽掛。可偶爾謂一画题，你卻發現自己人生以好些點，卻有這個人在。

於我，水哥水章憲，就是這個人。

水哥大我十三歲，因學相称伯叫小长。

《独狼水哥》手稿

独狼水哥

人生在世，大抵总会遇上一两个这样的人：不沾亲带故，无工作交集，甚至很少场面上的客套或照应，见了开心，但说不上惊喜，不见想念，但说不上牵挂，可是偶尔一回头，你却发现自己人生的好些节点，都有这个人在。

于我，水哥水运宪，就是这个人。

水哥大我十三岁，同辈相称怕叫小，长辈相称又怕叫老，是那种怎么叫都不太顺口的年龄。后来混熟了，我便从众叫了水哥。水哥的话剧在北京人民艺术剧院一炮而红时，我还在学校读大三，正好也在迷话剧。一个三十刚出头的青年，能够得到曹禺先生的指点和提携，作品能在人艺隆重上演，听上去像个童话。人艺在我心中，一直是话剧的至尊殿堂，因为那是排演《雷雨》和《日出》、《茶馆》和《龙须沟》的大舞台。一个来自家乡常德

181

的工人，一个刚刚出道的年轻剧作者，竟然在此一步登顶，可以想见，这对我会是一种怎样的震撼和激励！湖南原本话剧传统深厚，出过田汉、欧阳予倩那样的大戏剧家。横空出世的水哥，当时在我眼中，就是新一代的田汉和欧阳予倩。

我大学毕业，被分配到吉首大学，所教的课程，恰好是当代话剧。其中包括郭沫若的《蔡文姬》、老舍的《茶馆》、田汉的《关汉卿》，还有水运宪的《为了幸福，干杯》。二十多年后，学生来家中闲聊，谈起当年我讲的老舍和水运宪，说那是他们终生难忘的文学课。

我想象水哥会如曹禺那样一发而不可收，眼巴巴盼着他新的戏剧问世。那是一种急不可待的心情，就像追剧的人，守在电视机前等待下一集。三年后，水哥终于推出了新作《祸起萧墙》。我以为又是一部话剧，结果却是一部中篇小说，写的是电力系统改革的故事。那个时代，改革是最伤筋动骨的社会转型，也是最炙手可热的文学主题。可以说，风起云涌的新时期文学，就是被伤痕文学和改革文学两个主题鼓噪和驱动的。

只是当时的改革文学，依然有些概念生硬。一是因为"高大全"的创作方法余风未尽；二是因为作家对真正的改革生活缺少体验，写出来的人物，大都苍白干瘪。而水哥的《祸起萧墙》，恰恰弥补了这一缺陷。水哥的家人在一座大型水电站当领导，他的青少年时期就在那里度过，对电力体制改革的艰巨性刻骨铭心。加上他又是写戏出身，将人物聚焦于命运冲突的本领，几乎与生俱来。小说甫出，评论界一片喝彩。当年就获得了全国中短篇小说奖。这个奖项，就是今天鲁迅文学奖的前身。

水哥当然不是玩票，评论界有人断言，他属戏剧、小说两栖型作家。我和朋友打赌，看谁能猜中水哥的下一部大作品，究竟是话剧还是小说，结果两人都输了！水哥推出的第三部振聋发聩之作，竟是电视连续剧《乌龙山剿匪记》。那是中国电视最早热播的自制剧之一，真正万人空巷！小孩子一起玩游戏，男孩争当钻山豹，女孩抢扮四丫头，就连匪首田大榜，也成为街谈巷议的人物。中国新文艺一百年，家喻户晓的土匪形象大概只有两个：一个是座山雕，一个便是榜爷。

没法再猜测水哥的下一部作品是什么。他像游走在文坛艺苑的一匹独狼，永远没有同道。他抢占一个个山头，追捕一头头猎物，却永远不占山为王。远离他的狼群，看着他上山下山，永远也弄不清他要去的下一个山头在哪里。水哥再一次震撼文艺界，不是因为话剧小说和电视剧，而是他弃文从商去了珠海，从那里带回上亿的资本金，返湘开了一家有模有样的投资公司。二十世纪九十年代之初，社会上手握上亿真金白银投资的人，还真是凤毛麟角。

第一次见水哥，正好是他携重金从珠海归来。那时我已研究生毕业，在批评界小有名气。从吉首赶来长沙，好像是为了参加作协的一个作品研讨会。我看见一支庞大的车队驰过来，挤进作协那个逼仄的院子。一个挺拔帅气的中年人，从一辆豪华凯迪拉克上走下来，革履、西装、风衣、墨镜，笑容舒展，步履矫健……旁边有人告诉我：那就是水哥！我心里想：不对吧，应该是发哥。《上海滩》里的发哥！

后来我调来长沙，在省文联理论室搞评论，同时也写散文和诗歌。再后来，我也下了海，去了通程大酒店当老总。那是我第一次清醒地意识到，水哥对我人生的潜在影响。其实，我俩都不是那种守着一口锅吃一辈子的人，我们不会爬上一座山头便在那里筑巢称王。我们不会在意已经到手的猎物，眼睛永远寻找着下一个目标。水哥更是那种生命欲望无比强大的人，他始终听从心灵的呼唤和遣使，在多个人生的领域开花并且结果。水哥对我最大的人生示范，就是生命不必永远守在一块领地。但是无论在哪里，都不能开空花。

我和水哥真正交往，是因为张贤亮。那年贤亮来湖南，选了通程下榻。水哥与他投缘，没日没夜地陪着，我们三人便黏在了一起。贤亮是我喜欢的作家，他的《绿化树》和《肖尔布拉克》，有一种骨子里的高贵感。贤亮能从肉体痛苦的极致描写中，表现出铭心刻骨的精神苦难。他作品中那种哲学的思辨，靠近东欧的当代作家；灵魂的拷问，则靠近十九世纪的俄罗斯大师。但那只是一种靠近，终究仍是贤亮得之于基因的气质和得之于命运的思考。贤亮没有想到，一个成天侍奉人的酒店老总，会有如此高蹈的审美见地，立刻引我为知音。我们一起喝酒、K歌、聊文学，只恨夜短昼长。水哥和贤亮酒量都好，白酒、洋酒、啤酒轮着上，跳起舞来依旧儒雅得体、风度翩翩。贤亮的探戈和伦巴，堪称专业水准。虽然水哥和贤亮成天西装革履，骨子里却是一派魏晋六朝的士人风度。贤亮真有些乐不思蜀，归期一推再推，实在不能不走了，便反复叮嘱水哥和我：一定尽快去宁夏看他，在他那座"出卖荒凉"的西部影视城，酣畅淋漓喝几顿大酒。

贤亮一走，我和水哥便去各忙各的生意了。只是两人都记得一起去宁夏看贤亮的约定，不时打电话彼此提醒。偶尔的两三次聚会，佐酒的话题仍是贤亮。我和贤亮都以为，水哥会一直在商海里游下去，没想到，他突然宣告要洗脚上岸。他将已经铺开的摊子一点一滴地收拾停当，把投资人的账目结算清楚，把跟他下海的兄弟安顿妥帖，便一转身回了自己的书房。后来他又参与《乾隆王朝》的剧本创作，又拉资金出任制片人，拍摄连续剧《天不藏奸》，将侦破江洋大盗张君案的故事搬上了银屏。水哥每一次出手，总会风生水起。他依旧西装革履公事包、作家编剧投资人，在文商两界我行我素，独来独往。

二〇一三年夏天，全国书博会在银川召开，我约水哥一同前往，践了贤亮的宁夏之约。贤亮看上去身体已有些虚弱，但精神依旧亢奋，话题一起，立马两眼放光，笑声也变得爽朗豪气。他在影视城里陪了我们整整一天，我们看他的紫檀家私，聊他的长篇新作。吃饭时，他摆出各种收藏的好酒，一派一醉方休的气势……但那天我们并没有开怀豪饮，有好几次，水哥偷偷将贤亮的酒倒进自己杯里，然后一饮而尽。临别，水哥请贤亮写几幅字，贤亮挥毫便写。几遍下来，贤亮自己都不满意，便说等过几天写好了，再寄来长沙。十多天后，我果然收到了贤亮寄来的书法。他给我写的，是郁达夫先生的那副名联：曾因酒醉鞭名马，生怕情多累美人。

由宁返湘的飞机上，水哥一路沉默，他似乎已经意识到贤亮的健康堪忧，默默为这位老友祈福。大约只过了一年，贤亮果真去了。那天水哥打来电话，只哽咽说了"贤亮走了"四个字，然后是漫长的沉默。我们谁也不愿意挂断电话，似乎期待着对方能说点什么，到头却谁也没有再说一个字……

贤亮是我可以称为长辈的人，可他那蓬勃的生命、坦荡的情怀和率性的为人，完全消弭了我们之间的年龄差距。他的溘然离世，让水哥和我生出一份长久的生命隐痛。我俩依旧相聚不多，但只要相聚，便绕不开贤亮的种种故事。我们似乎都希望，自己能像贤亮那样过得更率性洒脱些，在这个愈来愈无趣的时代，活成一个更有趣、更好玩的人。

一次水哥约我喝酒，是在一家街边小店。我俩索性把桌子搬到马路边，对着漫天的火烧云，喝得耳赤酒酣。水哥突然说起马上要出的散文集，请了周明来作序。我脱口而出我来写吧，一定比周明写得好玩。周明是德高望重的老散文家，又是散文学会的负责人，怎么说作序都比我合适，因而我只把这句话当了酒后的狂言。没几天，水哥打来电话索稿，我哈哈一笑说：这话你也当真？让他还是请周明。他说他当晚就给周明打了电话，告诉周明序言已经被一位小兄弟截了和。周明通透豪爽，在电话那头连说：那更好，那更好！当晚，我便一气呵成完成了序言，标题为《水哥的好玩与好玩的水哥》。水哥一听，拍手称好。我知道，这题目暗合了我俩当时的人生态度。

大约是二〇一七年，冬日，阳光甚好。我约水哥来家里坐坐。两人斜躺在书房里，沐着窗外照进来的阳光，有一句没一句地闲聊。不知不觉又聊到了贤亮的小说、贤亮的收藏，还有贤亮的书法。我告诉水哥，最近也在练写字，是看了鲁迅先生手稿萌生的冲动。我顺手拿起书案上的一沓稿笺给他，然后又扯到了别的话题。水哥一直没吭声，埋头在那里看稿笺。我说有什么好看的，聊天聊天！水哥突然抬起头，一脸认真地说："兄弟你这篇文章不错呢！这文字，如今没几个人写得出！"那沓稿笺，是用宣纸特制的，专门用来练小楷。我练字时不愿临帖又不想抄经，便随手写了个"凤凰的样子"当标题，然后想哪儿写哪儿，完全没当文章写。水哥不说书法说文章，分明是字没入法眼，拿了文章来王顾左右而言他。临走，他说"我把稿子带走"，随即将稿笺塞进了包里。

过了两个来月，水哥跑来书房，扔下一本厚厚的杂志，是一本当月的《湖南文学》。一翻目录，竟真的刊发了我的《凤凰的样子》。水哥没说好与不好，只说：兄弟你要写下去！我说我只是为了好玩，他说就是因为好玩，所以要玩出点趣味、玩出点名堂！此后我依旧是用稿笺练字，只是所写的内容，变成了一篇接一篇的散文。不到一年的时间，这些文章分别在《人民文学》《当代》《十月》《花城》等杂志刊发出来，汇在一起，竟是厚厚的一本书，书名为《日子疯长》。没想到，这本无心插柳的散文集，竟然卖得很好，成了当年的文学热销书。中国台湾的印刻出版公司又拿去那边出了，还请白先勇先生作了一篇长序。一年后，我的第二本散文集《满世界》也出版了，虽然那时已经疫情肆虐，书却依旧很畅销。

不知不觉，我又被水哥拉回了文学领域。当年下海，我是受了他的启发和鼓舞，如今上岸，竟然又是他伸手拽拉，这缘分，简直是一种宿命。

常德的一家书店，邀请我返乡去做一次新书分享，我约了水哥站台做嘉宾。他在台上说了好些褒奖我的话，我一句都没记住，但他所讲述的家史，却深深刻在了我心里，尤其是他与生父那种纠结而锥心的父子关系，延展开来便是一部惊心动魄的长篇小说。我意识到水哥应该在构思新的长篇了，题材必定是以家族史为蓝本，表现民族资本家在新旧两个时代的命运。

有很长一段时间我们没有见面，打电话，他说准备窝在家里写长篇。水哥已经年逾七十，多少有了艺术生命的紧迫感，他果然要对自己最具个人性的生命记忆下手了。大约三个月后，一个深夜，他打来电话，说发了一个文件给我，是他刚刚写完的长篇。电话里他长长地舒了一口气，仿佛了却了一桩萦怀已久的心愿，同时又显得惴惴不安，反复地说：你给我看看，不行就改，不行就改。很少见到水哥如此不自信，好像是一个刚学写作的新手，见了自己崇拜的文学前辈。生活中的水哥，虽然温文尔雅不狷不狂，但对自己要做的事，从来底气十足，不会在意别人的意见。我想大抵是他太看重这部小说了，毕竟这是他的家族史。我连夜打开文件，一看便被惊落了下巴。小说所写的，根本不是他们家族的命运，而是二十世纪六十年代后期，一群大学毕业生在工厂的生活。水哥就是水哥，无论你和他多么熟悉，也永远无法猜测到他要做的下一件事是什么！这匹决绝的独狼，执意活在人们的想象和推理外。

那几乎是一个已经被人忘却的时代，准确地说，是被人们努力忘却的时代。一群"文革"中毕业的大学生，共十八位，被分配到一家规模很大的电机厂，投入工业建设的滚滚洪流。故事聚焦在老工人莫正强和大学生杨哲民一对师徒的关系上。莫正强没有文化，却技术精湛、任劳任怨，人生矢志不渝的理想，就是披彩戴花当劳模。杨哲民有文化，勤钻研，却心气高傲，看不上师父为争当劳模的处心积虑。两代人之间的文化差异和价值观冲突，在一地鸡毛的琐屑中缔结，又在饮食男女的温情中化解。在一个翻天覆地的大时代，几乎所有惊天动地的英雄壮举，都显得狂悖和虚妄。而平凡与琐屑，反倒成为社会运行的潜在力量，精神延续的隐秘管道，生命成长的厚实土壤。水哥用"戴花要戴大红花"的质朴旋律，完成了一个极端时代下，一代老工人的谢幕式，一代新工人的成人礼。他似乎想告诉当代的读者，无论时代如何激荡骤变，生活总有一种东西不会变，那就是勤劳；人性总有一种东西不会变，那就是良善；生命总有一种东西不会变，那就是向上。水哥将戴花高度象征化了，使之超越了那个具体的人群和具体的时代，成为一种重压下坚韧、平凡中崛起、庸常里高贵的人生寓言。总有一些时代应该忘却，但永远没有哪一代人可以被忽略，甚至愈是那些悲摧时代里的生命，愈是具有一种平凡而坚韧的英雄主义情愫。

水哥将稿子发给了魏文彬、谭谈等先生，那是和他一样早年在工厂、矿山工作过的老友。读完小说，无不为之感奋和赞叹。文彬先生甚至数次落泪，并发来短信，揭橥小说的思想价值："我始终认为，这部作品有惊世警世的作用。不关心时代、不关心社会，只寻求刺激的泛泛之辈，当然不知道大红花背后的东西！对一个社会而言，不尊重劳动、不敬畏劳动，其实是一种可怕的现象！"我没有水哥和老魏他们那种工矿生活的经历，但我理解他们用青春和血汗换来的对劳动的热爱和敬畏！我相信水哥是想告诉读者，无论历史学家为一个时代贴上怎样的标签，但生活的真正意义，总是劳动者所创造！只有在生存和生命最质朴、最本真的意义上，我们才能理解"人民"一词的真正重量！

《戴花》又火了，一上市便被评为当月的好书。当然，这于水哥并不重要。他这一生的奔跑，总是将鲜花和喝彩抛在身后。如今，他应该正奔向另一个山头，扑向另一个猎物。他的下一个猎物会是家族史吗？应该不会！他的目标，始终在我们的视野和期待之外。

"远路不须愁日暮，老年终自望河清！"无论年岁几何，水哥都是一匹奔跑的独狼！

2022 年 11 月 30 日

戰並反顧地抛弃了傳統水墨的材料,拋弃了當代水墨以技法,由紙本而木本而泥本,由水墨而油畫顏料而砂石泥土,他的材料越來越隨地可取,越來越具有自然的神性,世似乎只有這種構造大地養育人類的砂石泥土,才足以越制時間,承載人類的精神圖騰,川不是對宗教、義的認同和禮拜,而是對文明在嚴

《一个用艺术寻找灵魂的人》手稿

一个用艺术寻找灵魂的人

邹建平又办了画展，名曰"凝固的信仰"。他打了几个电话来，说是在一个叫纸本美术馆的地方，约我去看看。

那里原是一位藏家朋友的内部展厅，面积不大，平素也不怎么办展。那么小的一个空间，主题却如此宏大凝重，总觉得有些违和感。加上一个月前他刚刚办过一个展，取名"传世的庄严"，也是震慑人心的主题。那次是在李自健美术馆，弄了一个十分隆重豪华的开幕派对，到场的人摩肩接踵。那天我没去，那种场合，没法看展。后来我去，一个人，在那里待了一下午。

没想到老邹这么拼，时隔一个月，又弄出一个展览。年逾七十的人，这份心性和精力，真的很少人能有。当然，老邹做事一直很拼，不论当编辑、办画廊，还是做画家，都是全身心。退休这些年，他干脆住去了乡下，在望城弄了一个旧仓库作画室，还租了门前的一亩三分水田，自己耕作种稻子。展厅一进门，便是一堆包装好的大米，说是参观者可以扫码购买。如果运气好，抽中了奖，可以得到他画作的真迹。我弄不清，他这算行为艺术，还是真的想卖大米赚钱。

老邹大学和我同校同系，只是比我高了几届，属工农兵大学生。毕业后回了老家娄底，不知怎么，没搞文学却去了美协。老邹的文字弹性好，且情理兼胜，其美术评论真正本色当行，在那个时代，绝对凤毛麟角。读他的文章时，我还没见过他的画，一直当他是文艺评论家。我到省文联主持理论研究室后，还时常将他引为同行。后来我明白，湘中一带素尚美术，当画家是读书人改变命运出人头地的另一条捷径。湖南好些大画家，都是从这条路上走出来的。后来老邹跑去专业美院进修，并由理论转向创作，选的就是这条路。

我认识老邹，是在他调进美术出版社之后。那时，他常在文联大院里窜进窜出，一头披肩长发，面色黝黑，脸上的皱纹如同木刻，看上去苍老而遒劲。四十来岁的人，估年龄，怎么也过了半百。走路有点晃，是那种乡下人进城踌躇满志走海路的样子。平常一脸的傲慢与庄严，见了人却极谦和，且执旧礼，先是深深地鞠上一躬，然后灿烂一笑，笑得每一条刀刻的皱纹都舒展开来，像一朵满开的大丽菊。那笑容，坦诚而厚重，让人感受到这个小个子身上，蓄满了一种执拗而善意的力量。

与老邹深交，是我到出版集团当了董事长后。那时他已是美术社的副社长。社里想在北京 798 开个画廊，他便隔三岔五来找我。这件事，我压了大半年，一是因为缺少人才，二是担心管理出漏洞。老邹信心满满，却找不到过硬的理由说服我。实在没有办法了，便带我去看美术社的藏品，还有社里老中青画家的作品，用以说明美术社既有这个需要，也能做这个。

　　那次也看了老邹的画。当时他主攻当代水墨，主要画都市女性的生活起居，有点李津画饮食男女的意思。与傅抱石一代的大家比，笔墨自然说不上老到，但慵懒变态的一堆女性胴体背景上，的确有一种不同凡俗的意蕴在。那东西不完整、不强烈，是从那些变形的人体和混乱的场景中渗透出来的，星星点点，丝丝缕缕，似有似无，却又分明存在。那是一种隐约的精神光亮，不同于惯常的优雅或震撼，是一种往心里渗透、挥之不去的感动，或许你并不情愿称之为美，但也给不出别的什么更恰当的定义。

　　老邹说起这些画，有一套自己的理论归纳。他原本就是搞艺术评论起家的，加上又在编辑方向上力推当代艺术，对这套语码和标签熟稔于心，当然能把自己的艺术主张，说得庄严而自洽。而我觉得，老邹作品的魅力，恰恰在于其质朴强健的生命力与其当代艺术语言间的不自洽，两者间存有的深深浅浅的裂纹，甚至沟壑，如同他脸上刀刻似的皱纹，赋予了庸常的形体一种特殊的张力，或者是一种灵性之光。

还有他的静物，其中有一个蓝色系列，在一种深度静默的空间里，赋予具体物象以生命感。记得有一幅深蓝背景的黑色花卉，不好具象地辨识是牡丹还是玫瑰，简洁孤傲的两枝，寂默得你能听见花瓣舒张的声响。

　　经老邹的一再游说和筹备，798的圣之空间终于开了，在北京的艺术圈，真产生了不小的影响，美术社在画坛的地位，也因之进一步跃升。老邹移居北京，在京郊安置了新的工作室，获得了更好的创作氛围，更多的创作时间。

　　后来再见老邹，他已在画佛教题材了。佛头，佛手，佛像全身，这个过程大约有十多年。有两件事，大概是他转向这一题材的契机。其一是编辑《世界佛教美术图说大典》。这套大书，是星云大师主持编辑的，涵盖了建筑、雕塑、绘画种种。早期佛教艺术的那些作品，给了老邹巨大的震撼和启示。其二是他对佛教艺术遗存的实地考察和写生，使他编辑的那些图片，以生动鲜活的艺术生命呈现在他面前。尤其是麦积山，被老邹视为佛教艺术的圣地，他几乎五体投地匍匐在石窟前，仰望着那些朴拙而庄严的石雕和壁画，久久不敢站立起来。庄严与神圣，雷电般击中了他生命中原本蛰伏的良善与神性。那是一种警醒，一种照亮，一种恍然大悟和唾手可得。

　　他义无反顾地抛弃了传统水墨的材料，抛弃了当代水墨的技法，由纸本而木本而泥本，由水墨而油画原料而砂石泥土，他的材料越来越随地可取，越来越具有自然的神性。也似乎只有这种构造大地、养育人类的砂石泥土，才足以超越时间，承载人类的精神图腾。那不是对宗教教义的认同和礼拜，而是对文明庄严与生命超越的颖悟和表达。这是一种绝对的传统，也是一种绝对的创新，就像岩石之于云冈石窟，那是时间与砂岩的共生；就像泥土之于敦煌壁画，那是黄土与时间的共生。老邹发现了传统佛教艺术材料的神圣性，并探索以这种大自然的神性，去唤醒和拥抱生命的神性。老邹画作里的任何佛像，都不再是某个具体的佛教神祇，而是一种超越的心象，一种神性的心象！至此，老邹的画不再有主题和理念，不再有材料和技法，也不再有物象和精神、人性和神性的分野。老邹的创作，因之一变而为心象在砂石与泥土中的自然生成，一变而为人世庄严与自然神性的自我呈现。

年逾七十的老邹，和当年我第一次见他时，精力和形体几乎没有变化，短小精干的身躯，依然敏捷有力，沟壑纵横的面孔，仍旧是五十岁的样子。前不久，他又结了婚、生了子，说起女人，依旧激情澎湃、言辞坦荡。我不记得，这是老邹的几婚几子？他的儿子，我只认识头婚生的那个；他的妻子，我只认识二婚的辣子，一位风格鲜明的画家。她曾送我一张画，艳俗中充满灵异，有一种摄魂的感染力。据说，辣子是老邹在俄罗斯流浪时邂逅的，一见钟情带回了中国，带进了婚姻。我以为辣子满足了老邹关于爱人的全部要求，没想到，后来还是分了，换了。大抵画风多变的画家，婚姻也多变，这似乎也是一条艺术规律。如今，老邹削去了那一头披肩的长发，留了一个毕加索似的光头。应该老邹这一辈的当代艺术家，毕加索是一个绕不开、挣不脱的生命魔咒，不仅仅是艺术成就，而是整体的生命状态。他们不是要画成毕加索，而是要活成毕加索，活成一个用艺术寻找灵魂的人。

离开展厅时，老邹没忘记说：你买我一幅画哈！我笑一笑，没有应承。他又说：那下回打麻将，我只带画不带钱啊！我说：那如果我输了，画也照样拿走？

老邹灿烂一笑，脸上的皱纹，舒展成一朵大丽菊。

2022 年 4 月 19 日

跋

一份无法私藏的敬意

　　《样范》写作中，有两位特殊的先生，写与不写，我一直
纠结。

　　所以特殊，因为一位缘仅两面，一位缘悭一面，若论交情，
实在记无可记。心中所以不舍：一则因为，两位先生都是我青春
时代的文学启蒙者，不仅激发了我初始的文学向往，而且启发了
我纯正的文学审美；二则因为，两位先生都曾撰文推荐《日子疯
长》，机缘虽异，其奖掖后学的拳拳之心，却同真同热。

　　缘仅两面的，是王蒙先生。初次见他，在青岛，一次文学
会议上。我从酒店房间出来，正好，先生从走道另一端走过来，
也去乘电梯。令我意外的是，先生一个人，竟没人陪同着。我向
先生打招呼，一同走进电梯。电梯里竟然也没人，我觉得是天赐
良机，便向先生请教文学写作。所提问题，当然很幼稚，先生的

回答，却十分认真。他说文学创作，不是别人怎么写你怎么写，也不是你想怎么写你怎么写，而是你能怎么写你怎么写，一个作家，永远只能写自己能写的东西。先生这番话，当时我并不全懂。后来慢慢琢磨，尤其自己动手写作后，才有所领悟：一个作家能选择的文学风格，早已由其人生注定，所谓的选择，其实只是一种自我发现。

再次见先生，已是三十年后。先生的小说《生死恋》出版，要来长沙做一场新书推广，朋友推荐了我和何立伟作为对谈嘉宾。其时，先生已年逾八十，依然身板挺拔，气宇轩昂。两个多小时侃侃而谈，话锋机敏、思想睿智、谈吐幽默，魅力惊艳全场。对谈结束，先生未及歇息，立马为大家题字。我请他题写书斋名，他边写边说：息壤斋，好斋名！

我带了先生夫妇去品湘菜，在近郊的一处农家乐。朋友担心太寒碜，没想到，先生却吃得酣畅淋漓，连说过瘾！此后邀他来长沙，他首先问及的是那个农家餐馆还在不在。

临别，先生签赠新书给我，我亦回赠了《日子疯长》。于我而言，这只是一种礼数，并未奢望先生阅读。没几天，朋友发来微信截图，内容是先生说要为《日子疯长》写点文字。我以为这就是说说，没做期待。三个月后，先生的文字果然在《读书》发表了，谈的主要是《母亲往事》那篇。字数虽不多，但情意真切，非敷衍搪塞之作。先生的奖掖，对于刚刚试水散文创作的我，无疑是一种意外的加持。

缘悭一面的，是白先勇先生。上大学时，我唯一翻烂的一本书，就是先生的《台北人》，其中的一些章节，至今我仍能背诵。我以为，中国新文学百余年，台湾作家白先勇，是无可替代的。白先生文学品质纯正高贵。从先生的小说里，我领悟到的文学使命，不是书写某一时代的风云际会，而是那个时代里人性的忍耐与抗争，生命的悲摧与荣耀。先生让我明白：文学的质地，就该是柔韧、洁净与高贵。

两次到台北，都有拜见先生之意。虽有朋友自愿作伐，无奈先生均不在台。后来，先生致力于昆曲的拯救和创新，经常会来苏州说戏，我便请江苏的朋友引荐。有一回说好了，到头先生又因故取消了行程。由是我相信：我与先生缘悭一面，就是命中缘分未到。

倒有一件事，我和先生不约而同想到了一起。《日子疯长》新书发布，我将自己的文学回归，定义为"一个人的文艺复兴"，大约十多天后，先生的新书出版，书名竟为《一个人的文艺复兴》。我觉得，终于与先生有了一点缘分。

朋友建议《日子疯长》在台北出版，且推荐了印刻作为出版方。我说若要出，最好能请白先生作个序，否则没多大意思。我知道，这是个不近情理的要求，以先生的文学成就和名头，为一本习作作序，有点异想天开。朋友虽和先生有交情，也觉得为难，只是答应试试。做人做事，我素来讲究分寸，所以在这件事上如此霸蛮，实在是先生在我心中，就是当代曹雪芹式的作家，如能得其指点，便有点此生无憾的意思。

大约半年后，朋友真的送来了先生所作的序言！题为《迢递隽永的归乡之路》且篇幅近千字。一看文章，便知道先生不是选读了其中几篇，而是通读了全书。先生说，这些文章"令人想起沈从文湘西杂文的乡土篇章"。我一遍一遍诵读序言，心中涌起的，不是欣喜，而是挥之不去的愧意，为自己对先生的打搅和劳烦，深感不安和内疚。

凭借这点滴的交往，我是没有资格记述两位先生的。作为当代文学的两岸旗帜，他们的人生样范，早已丰满生动，加上我的这一笔，未必能再添光彩。只是，作为受惠于先生的亲历者，我是不该也无法私藏这份感动与敬意的！

龚曙光

2023 年 9 月 26 日

于抱朴庐息壤斋